新世纪
文学观察

洞穴与后窗

从文字到影像的旅行

翟业军 著

山西出版传媒集团　北岳文艺出版社

·太原·

图书在版编目(CIP)数据

洞穴与后窗：从文字到影像的旅行 / 翟业军著 . — 太原：北岳文艺出版社，2021.5
ISBN 978-7-5378-6389-6

Ⅰ. ①洞… Ⅱ. ①翟… Ⅲ. ①文学评论-文集 Ⅳ. ① I06-53

中国版本图书馆 CIP 数据核字（2021）第 058520 号

洞穴与后窗：从文字到影像的旅行
翟业军 / 著

责任编辑 贾江涛	出版发行：山西出版传媒集团·北岳文艺出版社 地　址：山西省太原市并州南路 57 号　邮编：030012
书籍设计 张永文	电　话：0351-5628696（发行部）　0351-5628688（总编室） 传　真：0351-5628680 经销商：新华书店
印装监制 郭勇	印刷装订：山西人民印刷有限责任公司
	开　本：890mm×1240mm　1/32
	字　数：130 千字
	印　张：6.375
	版　次：2021 年 5 月第 1 版
	印　次：2021 年 5 月山西第 1 次印刷
	书　号：ISBN 978-7-5378-6389-6
	定　价：45.00 元

本书版权为本社独家所有，未经本社同意不得转载、摘编或复制

自序：做一个逐水草而居的牧人

去年某一天，收到一位编辑老师的电邮，说，读了我的文章，"如在雾霾天里突然吹来一股清风"。我当然不敢以"清风"自居、自诩，但我非常认同当下学术界无聊、混浊有如"雾霾天"的判断。这是一个学术工业化的时代，一条条学术生产线开足马力运行，定期生产出一大堆不知所云的制品，制品被生产出来的瞬间，就是它们死亡的时刻，因为它们根本不会被打开，更不可能拨动任何一根心弦。诡异的是，它们并不在乎是否被打开，它们的意义只是在于被生产，于是，生产到自身为止，生产才是唯一的、终极的目的。每天目睹这一荒诞、疯狂的戏剧不知疲倦地上演，除了苦笑，我所能做的只是把文章写得好一点，再好一点，说不定哪一天就能从笔底吹出阵阵"清风"。这是我对自己的最高要求，也是最低标准，否则，为什么要写作？

柏拉图的"洞穴比喻"像是在描述看电影，区别在于：看电影时，你的眼睛死死盯着前面的银幕，黑场里的两个小时，你以幻象为真,现实则虚化到了暗影中去;柏拉图却要求你站起来,掉过头去,迎向后方射来的光束,它才是黑场的光明之源,绝对之真。文学总是有着迎向光束的冲动,哪怕它写的不过是洞壁上蠕蠕而动的影子。想想文学阅读的典范方式吧,一个人拿着一本书,坐在一个静静的角落,这是他或她直面自身的仪式,也是接受光束洗礼的仪式。银幕呢,则是"幻象之窗"。所谓幻象,一来是说,看电影看的不过是自身欲望(也是恐惧)的投射;二来则指,只有隔着一段看的距离,对象才成了欲望的对象,而身边的真实总是不够诱人。比如,《后窗》里轮椅上的偷窥者当然冷淡于那个美艳的追求者,因为对楼的一幕幕情景不过是对于他和她好上以后的生活的预演,他怎能不恐惧?当美艳妇人爬到对楼,进了银幕,他这才燃起了欲望之火。所以,电影即如后窗,透过后窗,我们与自身的欲望合而为一,我们沉入了自身,沉入了幻象。不过,千万不要小看这个"幻象之窗",一部电影上档,一个短时段内,上亿的人同时看着它、说着它,由此激荡出一股力比多狂潮,多少有些蒙昧,缺乏省视,却自有一种摧枯拉朽的蛮力。所以,不是洞穴一样的文学,而是后窗般的电影,发出这个时代的"强音",把握着时代的心跳。基于这一理由,这几年我的研究兴趣从洞穴逐渐转向了后窗,我更试图打通洞穴与后窗的通道,看看它们此把彼注的关系。安德烈·巴赞说,小说的虚词是"然后",戏剧的连词是"因此"。环环相扣的因果以及隐匿其后的不可知的意志让我着迷,本书只有一篇论戏剧的小文,也许,下一本书会大说特说起戏剧？

　　研究兴趣的转移，一方面是因为中国现当代文学研究领域已经严重沙化，我不得不另寻丰沛的水草，做一个逐水草而居的牧人；另一方面则是因为我始终对圈一块领地"精耕细作"、两耳不闻圈外事的研究方法持狐疑的态度，我希望自己是一个边缘人、游牧者。游牧是疲惫的，我不知道下一站是沙漠的一再绵延还是可能蓦然闪出一片绿洲；也是丰饶的，沙漠给我粗粝，绿洲给我细润，它们从不同角度长养我。佩索阿的"多情的牧羊人"说："春夜的月亮高悬，想起你，我才是完整的自己。"我不知道"你"是什么，在哪里，但我相信，只有在一路游牧的过程中，才会有一个"你"，"奔过旷野的微风与我相遇"，那时，我就是"完整的自己"，我的笔端荡漾着"清风"，也生出惊雷。

　　游牧的学术一如我游牧的人生：从瘦西湖畔到玄武湖畔，再到西湖畔。下一站在哪里？我不知道。而未知总是令人充满了期待和惊喜。

　　本书献给我的祖父、祖母，外祖父、外祖母！过往的一切都在，消逝只是一种伪装！

　　感谢北岳文艺出版社！

2020 年 11 月 25 日，浙大启真湖畔

目 录

"五四",多么坚不可摧的"五四"啊! …………001
退后,远一点,再远一点!
　　——从沈从文的"天眼"到侯孝贤的长镜头 ………008
一棵树如何成长为一个"人"?
　　——从《会明》看沈从文的"人性" …………031
看哪,那个人胸前烙着一记红字!
　　——四十年来中国人耻感变迁小史 …………038
宝盒宝盒,我爱你! …………048
做梦、发痴与爱的可能
　　——从作为"处女作"的《雨,沙沙沙》说开去 …054
王安忆的"创世记"
　　——以《比邻而居》与《弄堂里的白马》为例的考察
　　　…………………………………………………067
迷楼:穿越时间的空间
　　——论王安忆《考工记》 …………077

错置的"崇高的对象"与现世的幽灵
　　——解读导演曹保平的一种方法 …………097
从系在扣子上的魂到情感的"孤儿院"
　　——论《陆犯焉识》与《芳华》的文本旅行 ………107
七巧,还是繁漪?——评粤语话剧《金锁记》……126
厂服,还是吊带裙?——评纪录片《我的诗篇》………131
当楚门推开那道天梯之门——论鲁敏《奔月》……137
麦家的"病人"和他们的"红字"
　　——论《人生海海》 ………………144
一个"白痴",在反本质的城市里游荡
　　——张柠《三城记》读札 ………………151
大合唱和一张脸——论《春潮》…………164
一颗一直飞下去的子弹
　　——论钟求是《等待呼吸》 ……………170
文学,动起来! ………………………180
小说如何重回我们的精神生活? …………188

"五四",多么坚不可摧的"五四"啊!

多年前,我在南京大学中文系读博士。先师许志英专攻"五四",丁帆老师则主要研究"十七年",同学们私下戏称他们为许五四、丁十七。不过,我们往往忽略,丁老师之所以专注于"十七年",是因为他的心里矗立着一根"五四"精神的柱石,他念兹在兹的无非是重回"五四"这个"起跑线"。老师们言必说"五四",说反帝、反封建,说德先生、赛先生,说"人的文学",以至于我产生逆反,在课堂上反问丁老师:高康大在巴黎圣母院的钟楼上掏出家伙,狠狠撒了一泡尿,一下子淹死二十六万零四百一十八人,"女人和小孩还不算";李逵劫法场,挥起斧子就向人群砍去,好像是切西瓜,那么,《巨人传》和《水浒传》都是非人的文学?文学是否应该以及可以跳出"五四"与"人"的牢笼,绽出更多、更缭乱的可能性?我忘了丁老师是怎样答复我的,只是在多年以后,我才意识到我的冒犯和丁老师对于冒犯的容忍都是"五四"精神结下的小小果实。我和丁老师一样,血管里也流淌着"五四"的血,是"五四"教会我如何看待世界和人生,甚至启发我"挖空心思"地反对"五四"——反对"五四"也是"五四"精神重要的一环,一种精神只有在不断地接受并消化质疑之后才能保有自身的韧性和坚度,才能生生不息于将来的日子。

不过,过量的质疑还是令"五四"的坚定支持者们感到了不安。比如,有些文学史写作者把现代文学的起点向前移到"辛亥",王德威更提出"没有晚清,何来五四?"这一石破天惊的命题。为了因应这些挑战,同时舒缓自己的焦虑,许老师召集学生反复讨论现代文学起点的问题,并组织了几组笔谈,让大家各抒己见,而他本人一以贯之的观点是:文学史分期需要重大的界碑,只有"五四"有资格作为一块界碑埋在古代与现代文学之间。他的观点与张定璜的相暗合:读了《双枰记》《绛纱记》和《焚剑记》之后再读《狂人日记》时,"我们就譬如从薄暗的古庙的灯明底下骤然间走到夏日的炎光里来,我们由中世纪跨进了现代"。

我认同许老师的观点,但是,我又不能无视王德威的重大提醒:晚清的狭邪、公案、谴责、科幻文学是"现代情感、正义、价值、知识论述的先声","晚清作家想象、思辨'现代'的努力不容抹煞"。[1] 他在梳理从鲁迅到刘慈欣这条中国科幻文学的脉络时,着眼的同样不是写出《狂人日记》的鲁迅,而

---

[1]【美】王德威:《没有五四,何来晚清?》,《南方文坛》2019 年第 1 期。

"五四",多么坚不可摧的"五四"啊!

是翻译《地底旅行》和《月界旅行》的鲁迅,也就是说,晚清鲁迅而非"五四"鲁迅,才是当下科幻文学的不祧之祖。那么,该如何调和这两种看起来彼此冲突却又各自有理的论述?我想到了柏格森的"绵延"。在柏格森看来,线性时间其实是把时间空间化了,空间化的时间是一个"空虚而均匀单一的场所",时钟的滴答滴答,就是对于它的模拟和隐喻。但是,时间从来不是滴答滴答着从一个点流向另一个点的,时间不可分割,时间之内不存在点以及点与点的"之间",它只是永恒的"绵延"。"绵延"中的现在潜藏着过去,涌向未来,过去不是已经死去的现在,过去形塑了现在,它就是现在本身,未来也不是尚未到来的现在,它作为现在之渴望的投射时时刻刻引领着现在。有了"绵延"的领悟,我们就应该认识到,"五四"不是一个时间内的点,作为一个瞬间,它无法与之前的无数瞬间割裂开来,它是它们的果实、回响,它们在流经这个瞬间的时候,成了它,它延续着它们,又绽出属于自己的差异。所以,没有晚清,当然没有"五四"。"五四"决不是石头缝里蹦出的孙猴子,它延续着晚清,又刻写下差异。正是这样的差异使它成为一块沉甸甸的界碑,隔开古典和现代。而做成这块界碑的石料早在晚清就已孕育、生成。从这个角度说,王德威的命题不是在否定"五四"的历史意义,而是要打破空间化的时间观,还时间以"绵延"的本相,只有在"绵延"之中,我们才能看清楚这块界碑的前世和今生。

"绵延"中的过去涌向现在、铸成现在,更诡异的是,只

洞穴与后窗

有站在现在,我们才能看清过去。现在是过去的一面镜子、一套语法,没有了现在,过去其实是不存在的。于是,我们可以进一步推论:晚清"被压抑的现代性"是被"五四"的现代性照亮的,没有"五四"这一束"夏日的炎光",我们根本看不清晚清就已闪烁的微光,淘洗晚清的现代性,原本就是一种被"五四"现代性开启之后的现代的努力。正是有了类似的体悟,王德威才会在2019年第1期《南方文坛》中提出另一个越发令人费解的命题:"没有五四,何来晚清?"有论者觉得这一命题不值一哂,因为它的"荒诞"如此显而易见,就像说"没有儿子,何来老子?"一样。但是,他们没有想过,王德威为什么会"信口雌黄",那些貌似从来如此的事实未必就是真相——"从来如此,便对么?"狂人的质问是"五四"给我们的又一份长养。

不过,"五四"的调门确实过于高亢了。它一直在质疑、追问,浑身密布着加黑、加粗的问号,比如狂人之问,再如罗家伦"是爱情还是苦痛"的噬心之问;它始终在"呐喊"、鼓动、指控,声嘶力竭的话语必须用一个又一个惊叹号来隔开。最典型的例证,就是《沉沦》结尾的一连串痛苦却昂扬的绝叫:"祖国呀祖国!我的死是你害我的!你快富起来!强起来罢!你还有许多儿女在那里受苦呢!"太高的调门,就像是隆隆的炮声(陈独秀在《文学革命论》里说:"予愿拖四十二生之大炮,为之前驱。"他真把投身于"五四"新文化、新文学运动,当作一场剧烈的炮战),这样的状态适合写檄文,却不一定写

"五四",多么坚不可摧的"五四"啊!

得出好的小说,因为小说扎根于日常生活中的真切人生,这样的人生并不是德先生、赛先生可以一言以蔽之的。所以,仅就文学特别是小说而言,"五四"的成就并不很高,哪怕是鲁迅,他的"彷徨"之作远比"呐喊"的"恶之声"来得痛切和幽深。于是,摆在写作者面前的一个严峻任务就是如何走出"五四"的思维定式,压低自己的调门,辟出更多的路径去看取广大、丰富的人生。

终于有一批年轻人从"五四"的定势中挣脱而出。用"五四"的眼光来看,他们一点正经都没有,但是,生命为什么只能而且必须一本正经?一点正经都没有难道不是生命的样态之一种,甚至还可能是正经的另一种表达?比如,吴组缃《菉竹山房》写"我"和新婚妻子阿圆从十里洋场回到菉竹山房看望当年抱着牌位成亲的二姑姑。在"五四",这样的故事必然是一个悲剧,就像杨振声《贞女》所做的那样。年轻的吴组缃却把悲剧翻转成两则老中国的传奇:首先,会绣蝴蝶的二姑姑与学塾里的少年私订终身,少年赴南京赶考,船沉人亡,二姑姑麻衣红鞋,做了新娘,他们的故事就是一个才子佳人"旧传奇的仿本",这个仿本深深吸引着高度现代化的"我"和阿圆:"这故事要不是二姑姑的,并不多么有趣;二姑姑要没这故事,我们这次也就不致急于要去。"其次,菉竹山房幽静、阴森如鬼屋,仿佛《倩女幽魂》中的兰若寺,何况还有二姑姑和兰花喃喃念着晚经,好像是"秋坟鬼唱鲍家诗",更何况有脚步声轻轻传来"如鬼低诉",未久,门上小窗露着一个鬼脸,把阿圆吓得搂着"我",号啕,震颤。这又是一个"聊斋"式鬼故事,老中国的另一种传奇。所以,我认定菉竹山房是一座老中国传奇的主题公园,完满了一颗颗见惯了"西式房子,柏油马路,烟囱,工厂"的人们的心。既然是主题公园,就必须"有惊无险"——无惊,谁高兴去?有险,谁敢去?于是,"我"一个箭步,推开门,发现两个女鬼就是二姑姑和兰花,"我"笑了,对阿圆说,"阿圆,莫怕了,是姑姑"。传奇当然不比悲剧高级,我们甚至可以指责其中的看客心态,但它毕竟把一个题材开启出另一种可能性,我们终于可以不再囿于同一种眼光来看世界,世界可以是悲剧,为什么就不能是传奇,传奇不也挺有趣,我们不都需要传奇来丰富我们苍白、平庸的生命和灵魂?其后,张爱玲还要发展出"参差的对照"、不彻底、苍凉的美学来丰富我们对于世界的认知,我认为,张爱玲与傅雷的那场笔墨官司就是参差、不彻底、苍凉与规整、魁伟、峻拔的"五四"美学的争执,这次争执,我坚定地站在张爱玲这一边。

当我描述后之来者挣出"五四"的动人努力的时候,千万不要以为我在贬损"五四",相反,挣出的艰难恰恰说明"五四"的根基性地位和极度的强大,强大到需要不断地被逾越进而收纳这些逾越从而保持一种自我更新的能力。或者说,"五四"就像一座高耸入云的山峰,那些挣出的努力在这座山峰边上耸起了无数高高低低的山峦,它们不是取消它,而是烘托它、完整它,于是,它不再只是山峰,它成了一座山脉,朝向无穷的远方绵延而去。这样的绵延也还是柏格森的"绵延":"五四"

就是现在,现在朝向努力挣出"五四"的那些将来涌去,将来又引领、说明着现在。"绵延"在张爱玲这位对"五四"并不感冒的作家那里得到了印证,她在《忆胡适之》中说:"所谓民族回忆这样东西,像'五四'这样的经验是忘不了的,无论湮没多久也还是在思想背景里。"

所以,"五四",说不尽的"五四",坚不可摧的"五四",就算我们不再把它挂在嘴上,我们甚至没有想起它来,它都存在于我们的"思想背景"里。这就像我们都在呼吸着空气,但我们并不时刻感知着我们在呼吸。

     谨以此文纪念"五四"百年!

洞穴与后窗

退后,远一点,再远一点!
——从沈从文的"天眼"到侯孝贤的长镜头

一、缘起

一说到侯孝贤,我们就会想起台湾"新电影",想起他的《风柜来的人》(1983年)、《童年往事》(1985年)、《恋恋风尘》(1986年)、"悲情三部曲"(1989年的《悲情城市》、1993年的《戏梦人生》、1995年的《好男好女》)和《海上花》(1998年),却很少意识到,早在1973年,他就已"混迹"于片场,担任李行《心有千千结》的场记,其后十年光景,他与陈坤厚等人合作了一系列既叫好又叫座的商业电影,比如《就是溜溜的她》《风儿踢踏踩》和《在那河畔青草青》——"票房毒药"竟是曾经的票房灵丹,"不动明王"(a master of the stationary camera)[①]也有过把镜头推

[①] 侯孝贤说:"早年我常常遇到人问,有没有受到小津电影的影响,最显而易见的当然是指,小津不移动的固定镜头,因此还被人戏称为'不动明王'。"(《重新再看小津安二郎》,《书城》2004年第1期)

来拉去的跃动的青年时代。那么,侯孝贤从商业电影导演近乎断裂地转身为"新电影"主将的动力源是什么?究竟是一种什么样的精神资源的长养,才使得侯孝贤成为侯孝贤的?

在许多访谈和讲座中,侯孝贤都说到他在拍《风柜来的人》前陷入了混乱,不知道怎么拍,原因大致有二:一、以前拍都市言情喜剧,用钟镇涛、凤飞飞这样的明星演员,套路早已驾轻就熟,现在拍一群少年的没有故事的故事,如何下得去手;二、当时一批导演从欧美学成归来,张嘴就是master shot(主镜头)之类唬人的术语,让"土法炼钢"的侯孝贤如坠云雾,稀里糊涂。就在他不知所措的当口,朱天文建议他去看沈从文的《从文自传》。他看完,简直是拨云见日的欢喜。他说:"沈从文的自传提供我一个view看人间的事情,一个作者对自己身边的事能够这么客观,这是不容易的。不太有什么激动、情绪在里面,就像上帝在看这个世界一样,这样反而更有能量。"① 他还说,看了《从文自传》,"感觉非常好看",特别是沈从文那种独特的view:"他写自己的乡镇,自己的家,那种悲伤,完全是阳光底下的感觉,没有波动,好像是俯视的眼睛在看着这个世界……"正是因为对沈从文的view深有会心,拍《风柜来的人》时他才会反复对摄影师说,"退后,

---

① 《煮海时光:侯孝贤的光影记忆》,【美】白睿文编访、朱天文校订,广西师范大学出版社2015年版,第467页。

洞穴与后窗

镜头往后,远一点再远一点"①,并由此发展出他专属的美学标签——长镜头。侯孝贤指认过《风柜来的人》之于自己的"开端"意义:"我说《风柜来的人》就是我整个创作的开头,终于回到了我自己的位置,一路下来,到现在都没有变。"②如果说,只有当《风柜来的人》问世,作为电影作者的侯孝贤才诞生,而且,他还要沿着这条路径一直走下去的话,詹姆斯·乌登那个近乎武断的评论就是非常可靠的了:"沈从文几乎就像是侯的导航员,自此以后侯从来没有完全丢失沈式世界观。"③如此一来,我们当然应该追问,沈从文的上帝看世界似的view究竟是什么,它又是如何开启出侯孝贤的长镜头的?或者说,侯孝贤的长镜头既是沈从文的view的绵延、放大,当我们弄清楚长镜头的美学奥秘时,也就把沈从文那个因为过度克制而含藏着、读者又因为审美惯性所障因而一直视而不见的view看得格外分明了。

《风柜来的人》不只是侯孝贤的"开端",还是一些大陆导演的发蒙之作,比如贾樟柯。贾樟柯回忆,初读北京电影学院,他一片茫然,直至看到《风柜来的人》,方才明白,"原

---

① 侯孝贤:《我的电影之路》,《恋恋风尘:侯孝贤谈电影》,侯孝贤著、卓伯棠编,新星出版社2018年版,第18页。
② 侯孝贤:《我的电影美学信念》,《恋恋风尘:侯孝贤谈电影》,侯孝贤著、卓伯棠编,新星出版社2018年版,第108页。
③【美】詹姆斯·乌登:《无人是孤岛:侯孝贤的电影世界》,黄文杰译,复旦大学出版社2015年版,第118页。

来在中国人的世界里,只有侯孝贤才能这样准确地拍出我们的今生"。他梦游般地走出电影院,立马跑到图书馆,翻看侯孝贤的资料,见他屡屡说及《从文自传》,连忙借了一本,一支烟一杯茶,在青灯下随着沈从文来到奇异的湘西世界,他"似乎通过侯孝贤,再经由沈从文弄懂了一个道理:个体的经验是如此珍贵"①。很快,他回汾阳,拍出处女作《小武》。正是因为有了这样的机缘,他才说《风柜来的人》对自己有"救命之恩",而恩同再造的关键点,大概还是侯孝贤从《从文自传》汲取并传递给他的那个 view 吧。一个大陆青年从台湾导演那里接触到沈从文,而他所接触的沈从文还不是大陆传布甚广的作为"人性"神庙的建造者的沈从文,而是"看待世界的角度还有这么多,视野还有这么广",不强行揳入自己的态度,珍视每一个个体的经验的沈从文,这一反常现象敦促我们去思索大陆和台湾之于沈从文的见与不见——某些从来如此的看法也许并不充分,甚至就是错的。更有趣的是,大陆的新文学神话是鲁迅,在台湾,沈从文也是神一样的存在。朱天文说,1984年1月29日,陈坤厚从香港回来,给大家看一本摄影集里一张沈从文的近照:"老人笑眯眯的温柔敦厚的脸,使人想象昔年他写《边城》《丈夫》《萧萧》的时候,以及二十八岁就写出的

---

① 贾樟柯:《代序:侯导,孝贤》,《煮海时光:侯孝贤的光影记忆》,【美】白睿文编访、朱天文校订,广西师范大学出版社 2015 年版,第 14 页。

一本我们都爱极了的《沈从文自传》。"① 聚拢、瞻仰，是一种神圣仪式，此时的沈从文还在人世，却已成为海峡对岸文艺青年的传说、图腾。黄春明更是直接地"认祖归宗"："我常常说我有三个爷爷，一个是生我爸爸的那个爷爷，一个是生我妈妈的外爷爷，还有文学的爷爷——就是沈从文。"② 台湾文坛奉张爱玲为"祖师奶奶"，黄春明又指认了一个"文学的爷爷"，夏志清《中国现代小说史》发皇沈、张，原来有着深刻的地域和文化渊源。不过，我们都知道台湾文坛推重沈从文，却很少追问为什么会推重，台湾所推重的沈从文还是大陆所熟悉的沈从文吗？或者说，大陆所阐释的沈从文会被台湾所推重吗？

让我们从沈从文，特别是《从文自传》说起。

二、"我永远不厌倦的是'看'一切"③

沈从文说："不要为回忆把自己弄成衰弱东西，一切回忆都是有毒的。"④ 奇怪的是，他在不到三十岁的年纪就走回到自己生命的前二十年，提笔写下自传。写自传的外在动因，是

---

① 朱天文：《〈小爸爸的天空〉拍片随记》，《红气球的旅行：侯孝贤电影记录续编》，山东画报出版社2009年版，第446页。
② 黄春明、白睿文：《原作心声——黄春明论〈儿子的大玩偶〉和台湾新电影的崛起》，《煮海时光：侯孝贤的光影记忆》，【美】白睿文编访、朱天文校订，广西师范大学出版社2015年版，第557页。
③ 沈从文：《女难》，《沈从文全集》（第13卷），北岳文艺出版社2002年版，第323页。
④ 沈从文：《一周间给五个人的信摘录》，《沈从文全集》（第17卷），北岳文艺出版社2002年版，第181页。

邵洵美创办书店,请他"打头阵",内在驱力,则是他需要为自己取得初步成就的写作寻找到传记学的成因,并由此成因出发,进一步确认自己的写作。于是,《从文自传》理所当然地成为他发挥"乡下人"美学的主阵地。这里不论"乡下人"美学的是非,我感兴趣的是,沈从文"永远不能同城市中人爱憎感觉一致",从而必须也只能站在"乡下人"立场打量世界,这样的审美选择竟然是一系列"看""听"和"嗅"的必然结果:在湘西,"我看了些平常人不看过的蠢事,听了些平常人不听过的喊声,且嗅了些平常人不嗅过的气味;使我对于城市中人在狭窄庸懦的生活里产生的作人善恶观念,不能引起多少兴味……"①整部自传,他好像都在无限放大自己的感官,去接收所有似有若无对他来说却是确凿存在过、还将在他的文字中永远存在下去的讯号:

> 就为的是白日里太野,各处去看,各处去听,还各处去嗅闻:死蛇的气味,腐草的气味,屠户身上的气味,烧碗处土窑被雨以后放出的气味,要我说来虽当时无法用言语去形容,要我辨别却十分容易。蝙蝠的声音,一只黄牛当屠户把刀割进它喉中时叹息的声音,藏在田塍土穴中大黄喉蛇的鸣声,黑

---

① 沈从文:《怀化镇》,《沈从文全集》(第13卷),北岳文艺出版社2002年版,第306页。

> 暗中鱼在水面泼剌的微声,全因到耳边时分量不同,我也记得那么清清楚楚。①

读者自可质疑,二十多年前的光影声色怎么可能在他的记忆里保存得如此活色生香,记忆不就意味着变形和遗忘?不过,是否真的"记得那么清清楚楚",有什么要紧呢,他就是要把不清不楚勾描、夸大甚至是创造得"清清楚楚",用意只是在于强调感官的唯一可靠性,他只能用自己的感官去拥抱世界,世界只有在被他的感官显影得可感、可触之后,才是绝对真实的。这样的真实,哪怕从来没有过,也还是真的,就像他说《边城》:"这种世界即或根本没有,也无碍于故事的真实。"②此种真实观,类似于侯孝贤的"再植"真实论:再植出来的真实与"真正的真实、实质上的真实"是等同的关系,可以独立存在。③以感官为唯一信靠,沈从文便拒绝任何横亘在他与世界之间的中介,哪怕这个中介的合理性好像是不证自明的:"我的智慧应当从直接生活上得来,却不需从一本好书一句好话上学来。"④《从文自传》不厌其烦地描述那些未必

---

① 沈从文:《我读一本小书同时又读一本大书》,《沈从文全集》(第13卷),北岳文艺出版社2002年版,第261页。
② 沈从文:《习作选集代序》,《沈从文全集》(第9卷),北岳文艺出版社2002年版,第5页。
③ 侯孝贤:《谈法国导演布列松的电影》,《恋恋风尘:侯孝贤谈电影》,卓伯棠编,新星出版社2018年版,第141页。
④ 沈从文:《我读一本小书同时又读一本大书》,《沈从文全集》(第13卷),北岳文艺出版社2002年版,第253页。

真实的逃学经历，其实就是从反面来夯实感官的可信度。感官对应着现象，所以，他只为现象所倾心，五色令他目眩，五音令他神迷，五味令他醺然，万象皆葆有神秘、永恒的因子，他怎么忍心用无趣的价值、思想来估定他的爱憎？或者说，只有祛除了价值、思想的迷魅，万象才能以自身的样态打开并平等地陈列在一处，就像万颗异星镶在天穹。于是，湘西就不再是野蛮、愚蠢的化外之地，而是"人性"神庙的地基，那里的柏子们比文明人活得本真、舒展、恣肆太多。盗女尸的豆腐店老板死到临头还在喃喃地说，美得很，美得很，又柔弱地笑，那微笑仿佛在说："不知道谁是癫子。"——癫子是理性对非理性的恶谥，但是，万物有理、有灵的世界里，不为美而癫狂的人才是癫狂的吧？就连砍下的人头如何沉重、开膛取胆时怎样把刀在腹部斜勒再从背后踢上一脚之类阴森、愚蠢的经验，也并不比美国兵英国兵穿什么、鱼雷艇氢气球是什么等明朗、科学的知识来得卑微，他甚至自得地说，自己从文秘书口中虽得到不少知识，但是，"他从我口中所得的也许还更多一点"[1]。他和文秘书奇异、对等的经验交换，正是现象无分尊卑这一态度的恰如其分的说明，而现代性的要义，却是要在科学与愚昧之间划下一道鸿沟的。1980年，他接受凌宇访谈，说自己的创作与改造国民性思想"毫无什么共通处"，

---

[1] 沈从文：《姓文的秘书》，《沈从文全集》（第13卷），北岳文艺出版社2002年版，第315页。

并强调"我一切习作都缺少什么喻意"①，种种近乎决绝的论断，只是要把自己从以德先生、赛先生为支撑的新文学传统中释放出来。他深知，新文学传统是以现代性知识为利器去剖析世界、整理世界、改造世界，而他所要做的只是永不厌倦地"看"世界，让万象在他的笔下绽开——万象正在绽开，切勿惊扰！

沈从文"看"得真是入微、着迷啊，他甚至可以看到新鲜猪肉砍碎时尚在跳动不止。于是，他一定会一再地看到杀人这一湘西世界反复上演着的胜景，看到那些糜碎的尸身、污秽的头颅。不过，很快他又将看到杀牛，"老实可怜畜生"被放倒的过程和牛内脏的位置，他同样弄得一清二楚。把杀人和杀牛有意无意地并置在一处，他就是要取消掉任何现象被价值、思想所赋予的特殊性（就像鲁迅就"幻灯片事件"所发挥的那样），让它们只是作为现象本身而存在，进而组构成一片现象的网络，现象的网络中，在在都是胜景，都是新鲜。你看，一个直爽的朋友爱说粗俗的话，"总仿佛不用口去亲女人下体时，就得用口来说它"，他认定，这种说话样子"常常是妩媚的"。②一个四十来岁妇人见到兵士、伙夫走过，脸掉过去，看也不看，"表示贞静"，若是军官过身，"便很巧妙地做一个眼风"，对于她，

---

① 凌宇：《沈从文谈自己的创作——对一些有关问题的回答》，《中国现代文学研究丛刊》1980 年第 4 期。
② 沈从文：《船上》，《沈从文全集》（第 13 卷），北岳文艺出版社 2002 年版，第 333 页。

他简直是抑制不住地欣赏:"这点人性的姿态,我当时就很能欣赏它,注意到这些时,始终没有丑恶的感觉,只觉得这是'人'的事情。"[①]——在鲁迅那里,如此势利、尖刻的中年妇女只能是一支"细脚伶仃的圆规",哪配做人;在沈从文看来,看人下菜却是生存智慧之一种,越是有着眉高眼低越是说明她渴望活得好点,有光彩点,这都是"人"的题中应有之义,"人"岂是德先生、赛先生可以一言以蔽之的。胜景无关乎价值、思想,甚至可以违背人情,因为人情哪里是准绳,它也只是万象之一种而已,更何况人各有情,怎么可以拿我之有情来证实你必无情?他宣称,发表于1932年的《都市一妇人》是一个"很不近人情的故事",但是,为了爱,有什么不可以做,毒瞎爱人双眼,在他心中留驻一个永远不老的美好的自己,这样的做法也许才是"更合理而近情的"。于是,那个美丽如罂粟的阴鸷妇人就像一颗艳异的流星,本体已向不可知的方向流去,毁灭多时,她留给"我"的印象,却"似乎比许多女人活到世界上还更真实一点"。沈从文真是既痴迷到热辣辣,又超然到冷飕飕。

仅止于"看",让现象的网络自行铺开,这就是侯孝贤所说的客观;客观的世界里,生或者死,相爱或者钩心斗角,其实是一回事,这就是侯孝贤所说的上帝看世界的眼光,用朱天文的话说,就是"天"的眼光。就这样,沈从文很沉湎(万花

[①] 沈从文:《怀化镇》,《沈从文全集》(第13卷),北岳文艺出版社2002年版,第308页。

缭乱,真是好看啊)又极超然(只是被动地"看",绝不以某种既定的价值观来惊扰、判断)地"看"着现象的川流汩汩流淌,由此造就一种高度单纯的文体。这是天赋,也是习得,因为他所钟爱的屠格涅夫同样拥有一个"被动的、充满爱的、观察入微的"[1]自我,只有这样的自我才能写出"明显的超然""明显的单纯"的《猎人笔记》。

三、把这些小事原原本本说给你听

朱天文说,"侯孝贤用这个天的眼光来看他自己的少年时候,就拍了《风柜来的人》",而"天眼"在电影中的美学呈现,就是"冷,冷,冷"和"远,远,远"的长镜头。[2]也就是说,长镜头不只是技巧,更是一种类似于沈从文"看"世界的眼光、态度。那么,作为一种眼光和态度的长镜头有哪些特点,又会带来什么样的后果?

长镜头不迫近世界、组织世界,而是以不动的冷眼"看"世界,于是,世界以自身的而不是你所要的样子打开,这一种"看"世界的方法意味着对于掌镜人的语法的狐疑和摒弃,意味着真实。侯孝贤说:"着迷于真实到偏执的地步,是我拍片

---

[1]【美】哈罗德·布鲁姆:《如何读,为什么读》,黄灿然译,译林出版社2011年版,第18页。
[2] 朱天文、白睿文:《天文答问——写作,新电影,最好的时光》,《煮海时光:侯孝贤的光影记忆》,【美】白睿文编访、朱天文校订,广西师范大学出版社2015年版,第541—542页。

最痛苦的地方。年纪愈大愈偏执，越不能让渡、过关。"① 为真实而疯魔，他就只能选择长镜头，长镜头后面是一个久久地缄默着，等待真实的灵光乍现的他自己。镜头不单要推远、不动，就连高度也有讲究。他津津乐道于小津安二郎的摄影机始终只比地板高几十公分，与人物坐在榻榻米上的高度齐平，这样的机位设置源于小津强烈的自觉：日本人是盘坐在榻榻米上看世界的，要忠实再现他们所看到的世界，机位就必须是低的，如果把摄像机架起来，就有另一种统摄性的叙事声音强行闯入、改造这个世界。让世界自动呈现，就不会有完整的故事，因为故事必有语法，必有一根总绳，而世界本身却是不规则的、散乱着的；就不需要规整的对话，因为一环套着一环的对话把事件引向结局，而事件是应该作为事件本身而存在的，它们并不通往什么，它们决不是结局的铺垫，更何况生活中的人们并不是有话就要说出来的，没说的往往比说出来的多很多。反故事，去对话（去对话的顶峰，就是《最好的时光》的第二段，是默片），那还要编剧干什么？要知道，编剧的任务就是"编"故事，"编"对话，最终把世界"编"入一套语法。朱天文一再说电影是导演的，自己的责任只是在讨论过程中做一个"空谷回音"，这不是谦虚或者诿过，而是基于对侯孝贤的电影美学充分认知和体谅之后的自觉。这样的电影也不需要演员，因为"演"就是一种强调，就是对于世界的取舍，而取舍的根据就

---

① 侯孝贤：《重新再看小津安二郎》，《书城》2004 年第 1 期。

洞穴与后窗

是演员及其背后的导演对于世界的理解。于是，侯孝贤大量启用业余演员，像辛树芬、高捷、陈松勇，他所要做的，只是创造一种情境、氛围，让他们沉浸其中，做他们自己，而不是"演"某个角色。就算用到职业演员，比如李天禄、梁朝伟、舒淇，他也会卸下他们的"武功"，或者把他们淹没在人群，就像《戏梦人生》的画面每每壅塞着熙熙攘攘的人流，却找不到李天禄在哪里——平凡人再怎么放大自己，都不可能得到一个特写镜头。如此，我们才能理解侯孝贤的"非演员"论："不管是非演员还是职业演员，其实都是非演员。"① 不"编"，不"演"，创造甚至只是等待一个契机，让世界自行发生，侯孝贤就是在拍巴赞所设想的"纯电影"啊："不再有演员，不再有故事，不再有场景调度，就是说，最终在具有审美价值的完美现实幻景中：不再有电影。"② 作为"完美现实幻景"的"纯电影"，不就像哪怕压根没有也无损其真实的《从文自传》？侯孝贤也真的跟沈从文一样，放大他所有的感官去捕捉光影声色：他要"看"，于是有了李屏宾的摄影、廖庆松的剪辑、黄文英的美术；他要"听"，于是有了林强的配乐、杜笃之的录音；他甚至要"嗅"，他会让原是圆山饭店助厨的高捷做出一桌好菜，令演员们食指大动，也让观众垂涎……就这样，他"再植"出

---

① 侯孝贤：《我的电影之路》，《恋恋风尘：侯孝贤谈电影》，侯孝贤著、卓伯棠编，新星出版社2018年版，第32页。
② 【法】安德烈·巴赞：《评〈偷自行车的人〉》，《电影是什么？》，崔君衍译，文化艺术出版社2008年版，第283页。

一个个"完美现实幻景"。这里的完美不单指真实,更指在他的幻景里,万象皆以一种增加了的强度被我们感知,它们瞬息万变、川流不息。在被我们感知到的刹那,却又好像是凝结的、发光的,像结晶体,这就如同《从文自传》里的湘西世界"完全是阳光底下的感觉"。

"纯电影"让电影走开,其实就是不承诺寓意,拒绝语法的编码,抵抗象征锁链的吞噬,到现象为止,只为现象所倾心。对此,朱天文有所总结:"一切的开始从具象来,一切的尽头亦还原始具象。"① 这样一来,侯孝贤就会像沈从文一样,视理论为仇寇。在香港浸会大学的一场讲座中,他开宗明义:"拍电影,无关理论。"② 他还说:"我没有去想这符号上的问题,或是象征的意义,我不来这一套。"③ 难怪他为《大红灯笼高高挂》做监制,只去过一次片场,因为他很清楚,张艺谋的处理方式跟他完全不一样。张艺谋把"妻妾成群"的繁复图景删繁就简成权力的结构,为了强化这个结构,他甚至把老爷陈佐千虚化成一个宰制性的声音,而这一切,都服务于反封建的主旨。侯孝贤却是要朝繁复、细密的现象走去的。在他看来,贾

---

① 朱天文:《〈悲情城市〉十三问》,《最好的时光:侯孝贤电影记录》,山东画报出版社2013年版,第277页。
② 侯孝贤:《我的电影美学信念》,《恋恋风尘:侯孝贤谈电影》,侯孝贤著,卓伯棠编,新星出版社2018年版,第73页。
③【美】白睿文编访、朱天文校订:《煮海时光:侯孝贤的光影记忆》,广西师范大学出版社2015年版,第148页。

洞穴与后窗

政打儿子,未必不痛在自己心上,西门庆与女人们一物之授受,未必就没有温情和恩义,于是,要是他来拍一个类似的故事,就会发挥"各房之间微妙的关系,还有那些大宴会场面,表面底下的冲突"①,像是后来的《海上花》——再怎么闹,面子还是要的,大老婆的权威还是要尊重的,所以,关系总是微妙的,冲突总是潜隐在表面底下的,这才是一个没有被理论、主旨扭曲了的人间世。

去理论、反主旨,侯孝贤就会刻意绕开最易阐明理论、凸显主旨的"行动",把目光投注在几乎无事之事上。就连表现"二·二八"等重大事件的《悲情城市》,最多的镜头还是吃饭、喝酒,事件本身只是以陈仪广播等方式轻轻点出。这样做的理由在于,日复一日、年复一年的日常生活看起来绝无变化,无法被理论穿透,所以是小事,但小事才是人生的基数,必须打起精神来应对,而大事因其宏大到不可把捉,所以并不切身,它们顶多是小事的背景,或者以渗透进小事的方式来显现自身。对于小事的耽溺,也像极了沈从文,《从文自传》一再写到的无非是看杀人、炖狗肉,好像战争并未发生,他更拒绝交代战争的来龙去脉和意义(身处其中的他未必清楚,写作自传时却是一定了然的),仿佛打仗、杀人只是为了"就食"。不过,事实不就是这样的吗?作为一枚小兵,沈从文入伍只是混饭吃

---

① 【美】白睿文编访、朱天文校订:《煮海时光:侯孝贤的光影记忆》,广西师范大学出版社2015年版,第262页。

的,他又不是为了写一本军阀史去体验生活。陈丹青有一本书,叫《多余的素材》。我想,沈从文、侯孝贤所关注的无非就是一些"多余的素材",这些素材因为无法被穿透、提升进理论体系而多余,却又因为多余而葆有原初的真实。拍《海上花》时,阿城对美术组发过一条貌似无理的指令:"要多找找没有用的东西。"① 我们家里堆积的东西大多是没有用的,但就是这些没有用的东西堆积成了我们的生活环境,构成了我们自身,就像平凡人能有什么用,他们却是世界的基数一样。小事不单葆真,它本身就是重的,有力的。《猎人笔记》中的拉季洛夫和"我"谈到一种常有的情况:"最琐碎的小事给人的印象,往往比最重要的事给人的印象更为深刻。"他回忆,妻子难产而死时,他悲痛,却哭不出来,第二天,他无意中看到,她的一只眼睛没有完全闭上,有一只苍蝇在上面爬,他一下子翻倒在地,不停地哭。侯孝贤多次提及的《童年往事》里的三个眼光,都是这种令人震撼的琐碎小事。比如,第三个眼光是奶奶去世,收尸人翻动遗体,看到她的背部已经溃烂,淌满血水,便回头看了"我"一眼。"我"才十六七岁,父母都已过世,哪有能力照料卧病在床、大小便失禁的奶奶,显然没什么责任;奶奶去世多日,"我"都没有发觉,以至于遗体腐败成这个样子,当然又是有责任的。不过,谁会向没有能力承担责任的"我"追

---

① 朱天文:《〈海上花〉的拍摄》,《最好的时光:侯孝贤电影记录》,山东画报出版社2013年版,第302页。

责呢？唯有看了"我"一眼，看"我"一眼不是指责，却比指责更深重地触痛了"我"。我想，侯孝贤以及沈从文的创作就是在讲述一系列类似于苍蝇在眼睛上爬的琐碎小事，你只要看了，就再也忘不掉，撼动你的不是他们藉着小事向你灌输的观点，而是小事本身的力量。也许，一位单纯的艺术家的德行就在于：把这些小事原原本本说给你听。

四、都是"好男好女"以及我们怎么可以不悲伤

有趣的是，小事并非只是作为小事而存在，小事会被大事影响、渗透。比如，哪怕只是吃饭一事，《悲情城市》中"小上海酒家"里喧腾的推杯换盏，文清与宽美在九份的照相馆吃饭，是家常日子，却又是新婚，以及文清去山里看望被政府通缉的宽容时潦草的进食，哪里可以等同视之？它们背后都是或和煦或惨烈的大事。所以，小事其实是复杂的，有光晕的，怎么"看"都看不透，看不厌倦。侯孝贤之所以钟爱小事，就是因为他敏感到小事之复杂，而大事早已被权威话语所阐释和界定，能有多少嚼头。他说："不想去制造那些action，我感觉复杂的是前面与后面的那种situation。"①action指"行动"，指冲突的旋涡，而旋涡之前或之后的situation则是密布着的看似平静实则被大事浸染，细细想来真是一夕数惊的小事。不过，

---

① 【美】白睿文编访、朱天文校订：《煮海时光：侯孝贤的光影记忆》，广西师范大学出版社2015年版，第404页。

仅止于"看",小事的复杂性怎么可能得到揭示?侯孝贤会反问的是,我为什么要把复杂性揭示出来、揭示出来的复杂还是原来那个复杂吗?揭示这个过度强悍的动作难道不会惊扰到复杂,使复杂逃遁,就像小兽从枪口下跳开?他的做法是,让含藏着的复杂继续含藏着,绝不惊扰。他一再申说,"我在处理人物的结构,其实很多东西不显露;有些显露一点,那我也不理,都是埋藏的""我最喜欢玩这种游戏,不喜欢暴露太多"①。大幅度的含藏,使他对布列松和小津安二郎有了更多的共鸣。

含藏使人费解,观众有理由抱怨侯孝贤的电影太闷、太晦涩。但是,自然法则支配着我们的出生、死亡,关于它,我们却几乎一无所知,它不就是始终含藏着的?还是沈从文说得好:"自然似乎永远是'无为而无不为',人却只像是'无不为而无为'。"②自然之"无不为",说的是它对于人类的全方位支配,"无为"则指含藏着,完全不动声色,万象的生成毁坏好像与它无关。对于这样的自然,我们"无不为"地追索,注定劳而无功,"无为"地"看",它却有可能自行运演,当然是如其自身一样地含藏着运演。基于此,侯孝贤才有底气设想,说不定他的长镜头能拍出"天意",那就太过瘾了。紧接着,他又换了一个大家更能接受的现代一点的说法:"我希望我能拍出

---

① 【美】白睿文编访、朱天文校订:《煮海时光:侯孝贤的光影记忆》,广西师范大学出版社2015年版,第253页。
② 沈从文:《〈断虹〉引言》,《沈从文全集》(第16卷),北岳文艺出版社2002年版,第340页。

自然法则底下人们的活动……"① 以天意为鹄的，侯孝贤就一定是冷的，冷到他的镜头可以是"空"的，只是夏天繁盛的树叶在风中摇响，只是云卷云舒，往绵延青山投下迟迟又速速奔走的影子。但是，正因为有着"天意"一般的超然，他才能挣出观念（不管是何种观念，观念本身都是板滞的）所赋予我们的狭窄、固定的眼光，看出人们的无奈，哪怕是《千禧曼波》中的豪豪，这个他的电影中唯一不值得同情的人物，他也能看出他的"身不由己"："每一个人物都有他们的身不由己，是时代的氛围和意志所笼罩的，他们的善念都很微弱。"② 至于布袋戏大师李天禄，他更不会简单地贴上一个"汉奸"的标签，从而错失一个丰富到浩瀚的世界。他太清楚，李天禄出生在日本人统治的时代，他所知道的世界就是这个样子的，只能就他所知道、所理解的世界去看他的一生，并由他的一生见证时代的变迁。正因为此，朱天文说："《戏梦人生》就是描绘大海一般、恒久不变的人生。"③ 于是，侯孝贤的镜头所及无非就是一些各有一份属于自己的无望以及对于无望的挣扎的人们，挣扎着的他们都是艰难的，也都是动人的，他们都是"好男好

---

① 朱天文：《〈悲情城市〉十三问》，《最好的时光：侯孝贤电影记录》，山东画报出版社 2013 年版，第 285 页。
② 【美】白睿文编访、朱天文校订：《煮海时光：侯孝贤的光影记忆》，广西师范大学出版社 2015 年版，第 337 页。
③ 侯孝贤、朱天文、白睿文：《文字与影像》，《红气球的旅行：侯孝贤电影记录续编》，山东画报出版社 2009 年版，第 541 页。

女"。在《好男好女》中,他以颓废青年梁静出演蒋碧玉的方式,把钟浩东、蒋碧玉的烈士豪情与梁静小小的却又是剪不断、理还乱的爱恨勾连在一处,就如同沈从文对于杀人和杀牛的并置。他的用意当然不是否定钟、蒋的感天动地,而是意在强调梁也是一位"好女",她也有着她的悲哀,也许和钟、蒋一样的深沉。峻切的人会指责侯孝贤暧昧、犹疑。他们理解不了的是,在现实生活中侯孝贤立场非常分明,但是,只要进入创作状态,他就必须暧昧起来,因为只有暧昧才能遏制住判断的冲动,让万象平等地绽出在他的胶片上。从这个意义上说,暧昧就是宽忍,就是慈悲。值得一提的是,侯孝贤从《从文自传》获取的超然到暧昧的眼光,汪曾祺也从老师那里悟到,比如,《受戒》说,荸荠庵里的牌客,除了师兄弟三人,还有一个收鸭毛的,一个打兔子兼偷鸡的,"都是正经人"。侯孝贤说,汪曾祺的一些小说让他非常感动,我想,这是因为他在汪曾祺那里找到了"家族相似性",他们拥有一些同样来自沈从文的基因。

巴赞如此定义蒙太奇:"仅从各影像的联系中创造出影像本身并未含有的意义。"[1] 他的意思是,蒙太奇的制作者涂抹影像本身的意义,并在"影像间"开启出新意义,这样的新意义服从于制作者的语法,当然是单一的。与之相反,长镜头中的影像却是摄影机所"看"到的,现象有多暧昧,影像就有多

---

[1]【法】安德烈·巴赞:《电影语言的演进》,《电影是什么?》,崔君衍译,文化艺术出版社2008年版,第60页。

驳杂。于是，蒙太奇是"可看"的，观者看制作者让他们看的东西；长镜头则是"可写"的，它的意义暧昧、歧义，洇染开去，"端赖观者参与和择取"①。再往深处说，不管是蒙太奇还是长镜头中的影像，都绝对地溢出了创作者，这源自摄影机的"一仆二主"性：摄影机服从于两个主人，"一个是直接在摄影机背后按下快门的人，另一个是在摄影机镜头前，被动地向被动的相机装置提出要求"。也就是说，影像先天就是分裂的、症候性的，突破创作者的意图，把可见性机制中的不可见者带出场，于是，朗西埃断定："电影影像的优势在于，它是从这种不确定的意义中'十分自然地'流露出来的。"②侯孝贤虽然对理论敬谢不敏，却绕开体系和论证过程，直觉到朗西埃的结论。他多次征引卡尔维诺在《新千年文学备忘录》里所征引的霍夫曼斯塔尔的话："深度隐藏起来。在哪里？在表面。"③他想说的是，现象之外无深度，深度就栖居于现象自身的矛盾、罅隙，在我们通常的话语实践里，这些矛盾和罅隙早已被语法抹平，是不见者，现在却被影像带出。矛盾、罅隙很小，却是光滑膜面上的"刺点"，顺着它们撕开，就裸呈出生之无意义，悲伤骤然袭来，竟是无以言说——能言说的悲伤不是悲伤，它

---

① 朱天文：《这次他开始动了》，《最好的时光：侯孝贤电影记录》，山东画报出版社2013年版，第290页。
② 蓝江：《历史与影像：朗西埃的影像政治学》，《文艺研究》2017年第5期。
③【意】伊塔洛·卡尔维诺著，黄灿然译：《新千年文学备忘录》译林出版社2009年版，第77页。

已被言说所抚慰，而悲伤是裸露在风中的伤口。侯孝贤对阿萨亚斯说，你的片子很悲伤，阿萨亚斯说："我的片子哪有你的片子悲伤！"[1] 是啊，直面"生命在发展中，变化是常态，矛盾是常态，毁灭是常态"[2]，"好男好女"却毫无抵抗之力的真相，我们怎么可以不悲伤？《风柜来的人》有一场接近一分钟的戏，就是四个少年在海滩上唱、跳。看近景，你会误以为他们真是欢快，生命蓬勃到不得不任意抛洒，就像沈从文笔下那些快乐的水手；看远景，你却会刻骨地觉得，那一点热实在算不了什么，被滔天海浪衬得比凉还凉，就像那些多情水手在跟多情妇人调笑、温存，却有一只小羊"固执而且柔和"地叫着，它不知道它只能在这世上再活个十天八天。[3] 大化运行如火，"好男好女"却是孤独似雪，这样的真相不在深层或者内里，就在表面。沈从文"看"一样的"写"，亦能带出许多不可见的真相。《我的教育》里，"我"在某日清晨，"怀了莫名其妙的心情"，来到杀人桥，看到一具尸骸边上烧过一些纸钱，纸灰就像路旁的灰蓝色野花，"很凄凉的与已凝结成为黑色浆块的血迹相对照"。这是一个太触目的"刺点"，穿透了早已看惯杀人把戏，并不以为有何不妥的"我"。也许，那个

---

[1]【美】白睿文编访、朱天文校订：《煮海时光：侯孝贤的光影记忆》，广西师范大学出版社2015年版，第69页。
[2] 沈从文：《抽象的抒情》，《沈从文全集》（第16卷），北岳文艺出版社2002年版，第527页。
[3] 沈从文：《鸭窠围的夜》，《沈从文全集》（第11卷），北岳文艺出版社2002年版，第243页。

洞穴与后窗

时候,"我"意识到,死去的人们都是"好男好女",但他们都死了,只有一点蓝色野花一样的纸灰,作为他们的"薄奠";当然,"我"也可能并没有想到什么,看了一会死尸,又看了一会桥,然后返身——大概,这就是无以言说的悲伤。①

由侯孝贤的长镜头回看沈从文的"天眼",我们会看出,沈从文原来是在拍电影一样地做文学,他的笔就跟镜头一样地"一仆二主",他不愿也无力阻止现象冲破他的意图在不停地绽出、绽出。现象真是好看,湘西世界魅惑着所有文明的心,现象真是酷烈,总使人感到无言的哀戚,而他所能做的,只是把这些现象"拍"下来,让世人看到。

这样一个令侯孝贤、朱天文深有会心的沈从文形象,对于大陆学界却多少有点陌生,于是,我写下此文。

——本文获得2020年度唐弢青年文学研究奖

---

① 《我的教育》发表于1929年《新月》第2卷第6、7期合刊。王德威《从"头"谈起——鲁迅、沈从文与砍头》亦提及这一细节,见《想象中国的方法:历史·小说·叙事》,生活·读书·新知三联书店1998年版,第141页。这种不在深层、内里而在表面的悲伤,在沈从文的创作中处处皆有流泻。比如,发表于1928年《新月》第1卷5—8号的《阿丽思中国游记》(第2卷)写到阿丽思在苗乡奴隶市场所见的一幕:经纪问一个看样子不过三岁的小奴隶年纪时,她"却用了差不多同洋娃娃一般的低小清圆声音"说,"朱"(苗语,六),众人皆笑,小奴隶恼了,跟父亲要证据。经纪问作父亲的价钱,父亲为难,不敢说,小奴隶就用小得像米粉搓成的两只手拢成环形,比拟两百钱的样子。为了表现自己的乖巧,她学城里的太太走路,像唱戏,走了一阵就不走了,望着众人笑;照着拍子唱歌,是苗歌,送春的歌,虽然只有她一个人不明白歌中的用意。既已成交、画押,阿丽思便走了,路上却见到一个女人牵了一头小猪过去,猪脖子上圈着一圈草绳。

一棵树如何成长为一个"人"?
——从《会明》看沈从文的"人性"

沈从文说,他只想造一座希腊小庙,这庙里供奉的是"人性"。这句话常常为研究者所征引,征引者却很少追问:沈从文所谓的人性是什么,在他不算短暂的创作生涯里存在一个凝然不动的抽象的人性吗?要知道,沈从文始终近乎决绝地自我否定、断裂,20世纪二三十年代那个"为现象所倾心"的沈从文与40年代"为抽象而发疯"的沈从文,几乎不能看作是同一个人,这样的沈从文怎么可能秉持着一个一以贯之的人性观?也许,合乎事理的做法只能是回归具体作品,去考察和指认某个特定时段里沈从文对于人性看法的独异处。

1929年,沈从文写出《会明》。这是一篇并不太出名的短篇小说,讲述参加过国民军讨袁、亲承过蔡锷都督的謦欬、因而一直狂热于战争的三十三连伙夫会明,在战争引而不发的令人窒息的空档期得到村人赠送的一只母鸡,继而拥有了一个鸡的家庭,由此冷淡于战争的故事。这一则由鸡引发的喜剧,让人多少有点摸不着头脑:一个莽汉和一群鸡,怎么看来都不太搭,沈从文到底有什么话要说?让我从小说开始时的会明说起。鲁迅真是狠,他的"个人的自大"是要向那些病死多少都不必以为不幸的"庸众"宣战的,而且,他们的肉身越健硕,他们的灵魂就越愚蠢,愚蠢的他们活着,其实已经死了。沈从文也不遑多让,他热衷于铺叙他的人物的肉身如何苗壮到嚣张,嚣张的肉身却包裹着最怯懦、无知的灵魂,于是,他们无非是一些活蹦乱跳的动物或者枝繁叶茂的植物,终究不是完整意义上的"人"。比如,他说萧萧是"一株长在园角落不为人注意的蓖麻,大枝大叶,日增茂盛",而把萧萧肚子弄大的花狗——发情的公狗看到母狗就会扑上去,但它是不会为母狗肚子里的孩子负责的。从这个角度说,沈从文的湘西世界从来不是桃花源,而是原始丛林或者动物世界,它处于历史、意义之外,千年不变,无可记载。会明是湘西世界忠实的子民。他真是健硕啊,他那粗壮的骨骼和浓密的胡须"使人见来生出近于对神鬼的敬畏",但如此健硕的肉身仿佛生来只是为了映衬他的灵魂的绝对空白,灵魂空无一物的他"天真如小狗,循良如母牛",他还像一株大叶杨,"一切的风雨寒暑,不能摧残它,却反而促成它的坚实长大"。这样的会明不就是另一个萧萧?他们还只拥有生物性,远未开启出属于他们自己的那个"我"来。树一样的会明当然是愚蠢的,他根本没有能力甚至都想不到去思索:战争有义与不义的本质分野,而这十年来的战争只是在"流

一棵树如何成长为一个"人"？

一些愚人的血升一些聪明人的官"。于是，驯良的他一定会把由一场义战和一个义人所激发出来的战争狂热错误地挪用到其后无数场不义之战中，他鬼魂附体一样亢奋于战争的降临，就好像打完仗他就可以擢升为营长——虽然如今的三十三连只剩他一个人和一面旗参加过讨袁，虽然他一直把旗"谨谨慎慎"地缠裹在身上，也虽然他忘不了都督说过"把你的军旗插到堡上去"这句话，但他依然是、只能是伙夫，因为他是只配流血的愚人，他做梦都想不到，打仗竟然可以升官，或者竟然可以为了升官而打仗。

不过，哪怕是树一样的生物也有成长为"人"的可能，只要它（还不是他/她）葆有一颗"恻隐之心"。会明还记得去年的鄂西战役，时间正值六月，人一倒下，气还不断，糜碎处就发了臭，再过一天，全身就有小蛆虫爬行。现在，既然双方都已准备就绪，天气又合宜，为什么不"趁早"动手呢？于是，"为了那太难看太不与鼻子相宜的六月情形，他愿意动手的命令即刻就下。"这段心理描写让我想起《孟子·梁惠王上》里一个经典段落。齐宣王坐在堂上，见一人牵着牛从堂下走过，王问，把牛牵到哪里，那人说，杀了取血祭钟，王说，放了吧，我不忍心看到它瑟瑟发抖，就像没有过错却被处死的样子，那人问，不祭钟了？王说，祭钟的仪式怎么可以废，换一头羊吧。孟子由此情节推断（其实是"煽动"，一种类似于在水泥地里种花，对着枯木念佛的知其不可而为之的"煽动"）齐王具有统一天下做一个仁君的潜质，而他的论据的核心就在于"不忍"

二字："君子之于禽兽也，见其生，不忍见其死；闻其声，不忍食其肉。""不忍"就是"恻隐之心"，而"恻隐之心"正是"仁之端也"。与齐王坚持"衅钟"仪式不可废一样，会明也认定，人生在世，仗大概是难免要打一打的，但是，即便打，也不要打得太残忍，不要把人间打成阿鼻地狱吧，就像齐王不忍牛的"觳觫"而改杀他所没有看见的羊一样。会明真是有着一颗"恻隐之心"。从"恻隐之心""扩而充之"，齐王能够"保四海"和"王天下"，会明为什么就不能由一棵树成长为一个"人"？所以，我们应该记住，哪怕是一棵树，都先天地内嵌着一些"仁"或者"人"的根芽，它们等待着一场绵绵春雨、一股骀荡春风的开启，这棵树就要迎来蜕变的惊心动魄的时刻。

巨变之前总是异乎寻常的宁静，宁静到仿佛不会有一丝半毫的变化发生。因为战争一时半会儿打不起来，就有乡下人冒险跟军人们做生意，作为伙夫的会明当然有更多机会到村子里去，一来是代连上的弟兄采购，二来是聊天。他"一"到村子，找到谈话的人，"就"很风光地说及他的讨袁往事。请注意这里的"一……就……"句式，这个句式再清晰不过地说明聊天/吹牛对他的重要性、迫切性，他的空空荡荡的内心亟待吹牛来填充，只有在吹牛的此时此刻，他的"我"才假性地"在"，他竟是完满的。不过，他顶多"不免小小吹了一点无害于事的牛皮"，譬如只见过蔡锷两次，"说顺了口"，就说是四五次，他终究不是大奸大恶，大奸大恶说不定会宣称，一开始时蔡锷还在畏葸不前，是自己鼓动他打响了讨袁战争。更有意思的是他吹牛的一整套程序。他先看着听众的"诚实的眼睛"，笑了。我猜，如果对着一双世事洞明的眼睛，他会慌乱的吧，牛还怎么吹？接着他把旗从腰间取下，问：他说，"嗨，勇敢点，插到那个地方去"，你知道插到哪里？听众自是茫然，他这才"慢慢地一面含着烟管一面说"。"慢慢的"与前面的"一……就……"的迫切形成太大的反差，标明此刻的云山雾罩真是享受啊，就像泡着一个漫长的热水澡。

终于，因为这"慷慨的谈论"，他得到一个人赠送的一只母鸡，用一个无用处的白木子弹箱安置了它，第二天一早，木箱中多了一只鸡卵，第三天又是一个，"他为一种新的兴味所牵引，把战事的一切完全忘却了"。鸡的故事很多，比如汪曾祺《鸡毛》中的文嫂痛失爱鸡，后来在金昌焕的床下扫出三堆鸡毛，她号啕大哭，"好像要把一辈子所受的委屈、不幸、孤单和无告全都哭了出来"。再如路翎《初雪》中的志愿军战士刘强把篮子、罐子、破炕席等零碎物件一个劲儿朝卡车上搬，他更兴奋地对着朝鲜老大娘喊："这个鸡，顶好！"文嫂的悲怆从反面、刘强的赞美从正面夯实了鸡之于劳动妇女的重要性：鸡不单是鸡，鸡还是她们油盐酱醋的来源，鸡甚至象征着她们的日常生活本身。唯其如此，失去鸡的才会如此绝望，因为失去鸡意味着生活的根基被撬动，而"顶好"的礼赞才绝不会显得突兀和矫情，因为它指向的是朝鲜人民的日常生活。当我们理解鸡的意义的时候，就能明白所谓"新的兴味"

洞穴与后窗

说的不只是喜欢养鸡,更是一种迥异于战争狂热的对于日常生活本身的沉迷。这样的沉迷对他来说真是崭新的,崭新到足够让他新生,他已不再是昨日的他,他的"我"被以鸡为表征的日常生活所开启,他开始懂得日常生活的柔软和沉重,他想紧紧地拥抱着它,他更懂得日常生活的脆弱,像婴儿和坛坛罐罐一样的脆弱,他又怕把它抱坏了。这样的他真温柔啊,温柔到他与人谈论到他的鸡时,就像"一个母亲与人讨论儿女"。设想一下,一门心思打仗时的他只能是"他",虚浮、粗糙的"他",而此时的他竟成了"她",一个像母鸡护崽一样守护着日常生活的既坚忍又细腻的"她"。日常生活的力量真是强大,把会明从"他"引领成了"她",他拥有了一个温暖、潮湿、毛茸茸的向度,他的生命世界开始丰润、灵动起来,他即将跃出就像一棵树一样的生物性的呆板,这样的他怎么可能想起战事呢,他一定要让战争走开的。很快,更大的惊喜到来,二十只小鸡破壳而出,啁啾叫喊,他这是"升级",成祖母了,隔代亲啊,他欢喜到"快成疯子"。我想,不只是欢喜,他比之前更深刻地领悟到日常生活无非就是拉拨小的、发送老的,忧伤必于是,欣悦必于是,所以,他更是沉静的、有力的,只要带着这一笼小鸡,就算让他一个人,他也可以天长日久地住下去。至此,在日常生活的引领之下,会明完成了从一棵树朝向一个"人"的神奇飞跃,他的"我"确立了,他是有光的。此时的他当然不再需要用吹牛来证明自己,他已是静水流深。于是,当小鸡得到别人的"动人的称赞"后,他决不会说这是我的功劳,而是"非常荣耀骄傲"还"极谦虚"地说,"这完全是鸡好,它太懂事了,它太乖巧了"。这就像孙子考上名校,祖母怎么可能把功劳归于自己的起早贪黑,她一定会"谦虚"地说,全是孙子太聪明,太刻苦,但这"谦虚"不就是生命圆满以后的"荣耀骄傲"?

小说结尾,队伍撤回原防,六月来了,这一连人没有一个腐烂,会明望着这些人微笑。此结尾深意有二:一、沈从文一定要把重心从鸡拉回到人,一群鸡就可以是一个完整的世界,何况人?没有任何一个人可以为了任何一个目的腐烂。二、成长需要日常生活的引领,启蒙的资源绝不仅是德先生、赛先生,生老病死、提携捧负也是启蒙不可或缺的一环。成长了的会明笑得如此温柔,"那微笑的意义,是没有一个人明白的"——成长的意义,人性的奥秘,你真懂吗?

洞穴与后窗

看哪，那个人胸前烙着一记红字！
——四十年来中国人耻感变迁小史

开始的时候，亚当、夏娃赤身露体地游荡于乐园，"并不羞耻"，是吃了知善恶的果子，眼睛才明亮起来，才发现了自己的赤身露体，于是，他们用无花果树的叶子为自己编织遮羞的衣裳。所以，耻感不是先天的、自然的，而是由教化外烁的。比如，子曰，"知耻近乎勇"，孟子说，"无羞恶之心，非人也"，羞恶之心，是"义"之端。教化是强制，更是水滴石穿地"滴"，润物细无声地"润"，让人发自肺腑地体认到，只有有了羞恶之心，人才成为人，否则就还是禽兽。如此一来，人人怀着一颗知羞知耻的心，耻感又好像是与生俱来的。耻辱令人觉得不洁，感到秽亵，就像是赤身露体地行走于稠人广众。之所以画出一小块耻辱的区域，就是要确保大块的清洁，清洁建基于耻辱之例外，例外状态的宣判才是清洁之常态的保证。那么，谁来宣判例外？"哲学王""圣王"，有什么样的"哲学王"和"圣王",就会有什么样的作为例外的耻辱,所以,耻辱是各个不同的,各个不同的耻辱连缀成一部辽阔的耻辱史,而耻辱史,也就是人类的文明史。比如,温泉关战役中的三百斯巴达勇士必须战死,为城邦捐躯是他们至上的、唯一的清洁,他们只能作为鬼雄永恒回归于城邦。生还者污了亲人乃至整个城邦的耳目,他们就算自杀或者战死,依然被钉在了耻辱柱上。诡异的是,必须出现怯懦的生还者,没有他们被驱逐、被唾弃,"斯巴达之魂"就无以立。再如,婚外情为清教所严禁,在通奸者的前襟绣上血红的"A"字,并把他们推上断头台示众,是为了整饬围观之"众"的性行为,"众"性之清洁,有赖于红字的羞辱。不过,训诫的制定者、执行者想不到的是,混乱的力比多狂潮根本不可能得到整饬,围在断头台边向那个罪人吐唾沫、砸石头,不过是另一种宣泄的方式,其快感也许不亚于通奸,从断头台回到家中的人们是心平气和的,甚至会有一点高潮之后的忧愁。再往深处说,红字不单绣在海丝特·白兰的前襟,更烙在丁梅斯代尔的心头,因为耻感天经地义到你怎么可能不认同,不认同的只能是另一个文明的人,就像写作《红字》时的霍桑。霍桑把 Adultery(通奸)的"A",改写成 Angel(天使)和 Able(能)的"A",海丝特·白兰原来是通灵的,红字就是她的徽章,而作为耻辱的红字,则被他钉上自己家族(他的先祖迫害辉格党,参与"驱巫案",他们就是红字羞辱的制定者和执行者)和那个狂热、凶残的文明的前襟,并烙在了自己的心头——写作《红字》就是写作者在为罪恶的祖先承受耻辱，担负由他们所招致的诅咒。

具体到四十年来的中国人，他们感受到哪些耻辱，胸前被烙下了哪些红字？从红字花样的不断翻新、反转，大概可以看出这些年群体心态的变迁，甚至断裂。

开始时的红字是穷。富裕才是王道，穷则沉沦于万劫不复的深渊。穷不是匮乏，在那个饥馑的年代，谁不匮乏？穷是相对的，比较出来的——你有，但是我没有，我的没有还没法子悄悄的、偷偷的，而是不得不在你的有的面前狠狠地、赤裸裸地撕开。想想这个被撕开的伤口吧，它怕风，怕水，甚至害怕抚慰，只能绝望地裸裎，这一绝望感就是最刻骨铭心的耻辱。《平凡的世界》的开头，1975年二三月的原西县中食堂门口放着甲、乙、丙三种菜：甲菜以土豆、白菜、粉条为主，有肉，白面馍，每份三毛，是为欧洲；乙菜也是土豆、白菜、粉条，没肉，玉米面馍，每份一毛五，是为亚洲；丙菜是清水煮白萝卜，高粱面馍，每份五分，是为非洲。吃糠咽菜有什么关系，三年饥荒时谁还没有吃过糠咽过菜，但怎么可以当着正在吃肉和白面馍的你们的面吃糠咽菜，更何况我也许连菜都没得咽，只能吃糠？真是羞耻啊，羞耻到孙少平和郝红梅必须等人都散尽了，才去取属于自己的两个"不体面"的黑家伙，羞耻到吃着黑家伙、喝着偷来的剩汤的孙少平闭上了眼，接着，两颗泪珠从脸颊滑落。他们的羞耻不是因为自己是黑的，而是因为黑的不得不在白的、黄的面前露出自己的黑，黑由此显得更黑，所以，他们必须由黑而黄而白，白了的他们才能一雪曾经在你们面前黑过的耻辱。一定要白、比白还要白的决心和狠劲正是四十年来中国发展的原动力,也是一根把路遥抽得像陀螺一样疯转、转到爆的鞭子。路遥去世十五年时,贾平凹撰文追念,说,《平凡的世界》获奖,他去祝贺路遥,路遥说:你猜,我在台上想啥?贾问:想啥哩?路遥答:"我把他们都踩在脚下了!"①一定要喝上咖啡、抽上高档烟、坐到台上、把他们踩到脚下,是因为没齿难忘的耻辱时时在驱策着他,也正是这样的耻辱引领着中国经济一路狂飙。

同样的耻感也出现在铁凝的笔下。女同学们一遍遍地问来自台儿沟的香雪"你们那儿一天吃几顿饭",香雪回答"两顿",她们"理直气壮"地告诉香雪,她们一天吃三顿。吃三顿的当然"理直气壮",吃两顿的只能心虚胆怯,直不起身子来。更要命的是她们那些啪嗒作响的泡沫塑料铅笔盒啊,在它们的嘹亮的开合声中,爸爸为香雪做的台儿沟独一无二的小木盒显得那么"笨拙"和"陈旧",只能带着几分"羞涩","畏缩"在桌角上。就是这个愚蠢的小木盒,让香雪明白了台儿沟的穷,"她第一次意识到这是不光彩的"。意识到了"不光彩",她就必须找到她的无花果树叶,把她的"不光彩"遮起来。于是,哪怕火车只停留一分钟,哪怕也许要付出四十只鸡蛋的代价,她都要踏上火车,得到那只让她心痒难熬的自动铅笔盒。自动

---

① 贾平凹:《怀念路遥》,《2008 中国最佳散文》,王必胜、潘凯雄编,辽宁人民出版社 2009 年版,第 134 页。

洞穴与后窗

铅笔盒不同于白面馍和三顿饭，它不只是富裕，还是知识、现代、城市的象征。一定要通过知识，踏上那列神奇的火车，到城市里去，城市才是迦南美地，到处流淌着牛奶和蜜，只有生活在迦南美地一样的城市，才能一劳永逸地洗刷世代累积的贫穷之耻。相形之下，那些被死死捆缚于土地的人们真是可怜，他们怎么可能不羞耻，越是易感、要强，就越是羞耻，就像《人生》里的高加林。耻辱是《平凡的世界》的第一推动力，更是高加林的核心情绪，只要还在农村待着，待一天，他就是赤身露体的，羞于见人。你看，卖蒸馍，他"就像做一件见不得人的事一样"，"难受得像无数虫子在咬着"，祈祷千万别碰上县城里的同学，原因就在于自己成了"真正的乡巴佬"；到城里拉粪车，他更像是做小偷，尽量不走大街，不走灯光明亮的地方，心里说，我哪一点比城里的年轻人差，我为什么要受这样的屈辱，"我非要到这里来不可"……

到城里去，先富起来，让自己"理直气壮"起来，这是一条漫长到无止尽的路，路上密布着一代代从农村来的贫穷的人们，他们的胸前都烙着一记红字。请注意，富起来，摆脱穷之耻，不单出自个人的选择，更是一种由无数的叙述所编织出来的意识形态。被这样的意识形态询唤着的人们必须要发财，因为发财意味着享受，意味着荣耀，以发财为荣耀的时代笑贫不笑娼，更因为发不了财就要被打入例外，例外处于正常社会的光芒照不到的地方。就在"恭喜发财"的意识形态的强劲推动下，中国从匮乏迅速走向丰裕，丰裕社会里，有钱才是硬道理，就算没钱，也要装作囊中有物，否则只能成为耻辱的例外。如此，我们才能理解《第七天》里的鼠妹对于iPhone的渴望，使用iPhone能给她带来多大的快感并不重要，重要的是拥有一台iPhone给她带来的荣耀，iPhone才是这个时代选民的徽章。但是，她的男朋友竟然送她一台假iPhone，这就彻底坐实了她现在以及将来（她爱男朋友，但与这样的男朋友的婚姻怎么可能不黯淡？）的看不到头的贫穷，她是丰裕社会的一个例外。与其耻辱地活，莫若死，她果断跳楼，"巨大的冲撞力把她的牛仔裤崩裂了"。因为穷而跳楼与传统时代为了贞节而投缳、跳江的逻辑并没有什么两样，因为富裕就是当下的贞操，穷则无异于失贞。

奇怪的是，除了余华的鼠妹，新世纪以来的穷人故事里的穷人们好像渐渐平静地接受了穷的命定，不再觉得耻辱和愤怒。铁凝的《谁能让我害羞》说的是一个送水少年的抢劫闹剧。警察问少年，还有什么能让你害羞的，他想了想，说，枪，那个女人有一把枪（其实只是一支在加沙机场免税店花四美元买的手枪式点火器，但是，怎么可以设想这个高级到神奇的女人攥着一把假枪？），他只有一把折刀。这把他所不可能拥有的枪及其表征着的优渥是他自卑的源泉，"它使他无地自容"。刀之于枪，就像黑馍之于白馍，但铁凝的他不再会像路遥的他那样流下羞愤的泪水，而是自卑和无地自容，自卑绝不是羞耻，而是被羞耻之物彻底击倒从而不再有羞耻。就这样，从前那些英气勃发的穷人成了一块块沉默的疙瘩，怎么敲都没有回声的,就像铁凝对于少年的揶揄:"他其实不清楚,他从来就不清楚。"这个"从来就不清楚"的少年还能向女人,向令他目眩和自卑的优渥掏出一把虚张声势的刀,方方的涂自强却只能默默忍受着接踵而至的丧失,直至最终丧失了生命。他当然有痛感,他问自己:"这世界于自己是哪里不对呢?是哪里扭着了呢?"但他很快就把不幸和贫穷归咎于自己的原罪:"莫不是,这就是人们所说的我有原罪?这本就是我的原始创痛?"他还从三峡平静而又迅猛的江流领悟到原罪之必然:地势决定水的流向,他的命运同样由地势决定,"这几乎就是他的原罪哩"。是原罪,就只能去扛,扛不住,就去死,有什么可以抱怨的,而耻辱却会激起一个人的仇恨和斗志,就像《红与黑》中的德尔维夫人看到于连受德·莱纳先生羞辱后的狂怒,想:"大概正是此类屈辱的时刻造就了那些罗伯斯庇尔吧。"方方把耻辱改写成原罪,就从根子上给穷人去了势,穷人只能沉沦于贫穷,且万劫不复。不过,涂自强太令人沮丧和气闷了,日子还是要过下去的,没有点念想怎么行?于是,这就有了张猛《钢的琴》。一群下岗工人,一些打一毛钱的麻将都要出老千的穷人,硬是要穿越"钢"的现实去DIY出一架"琴",就像从一堆钢渣里炼出一炉纯钢。影片最后高高吊起的光灿灿的钢琴,是老工业基地的穷人对于往昔辉煌的自怜、自恋、自傲,更是他们梦想的投射——各个身怀绝技的他们都是纯钢啊,他们应该可以组合出一架光灿灿的钢琴的。危险在于,有了琴的梦,钢渣般的生活也就可以忍受下去了,再晦暗的日子，抬头看一眼那架琴，不就云开雾散了吗？如果说琴的梦毕竟还有点历史根基的话，同是沈阳铁西的双雪涛言之凿凿地说会有一个摩西，他能把湖水分开，让出一条干路，一片平原，让她走过去，就纯属空穴来风了。这样说的后果无非是，穷人们，你们什么都不必做，安心地等吧，等待你们的摩西降临。

不知道穷人不再耻辱和愤怒是现实还是说故事的人一厢情愿的想象，可以肯定的只是，这些说故事的人的胸前并没有烙下"穷"这记红字。问题在于，在一个富裕但高度分化的时代，先富起来的人们真的能够心安理得地享受富裕和富裕给他们带来的荣耀吗，他们难道不需要对面积不小、程度不浅的贫困负责，他们会不会对富裕感到羞耻，在自己的胸前决绝地烙下一枚"富"的红字？要知道，韦应物会因为"邑有流亡"而"愧"俸钱，对贫困、流离者的羞愧是丰衣足食者基本的良知。更不要忘记，刚刚过去的革命世纪的逻辑是，有钱可耻，无产光荣，革起命来的阿Q以自己的赤贫为荣，他对赵白眼傲然地说："穷朋友？你总比我有钱。"所以，富裕的羞耻感对于富人当然是一种道德压力，他们害怕自己因而被打入"不仁"的例外，而例外恰恰反证了穷人道义上的清洁。《平原上的摩西》里暴富的庄德增看着自己干干净净的裤腿和皮鞋，想起就在几年前，自己的皮鞋还是张嘴的，裤腿永远蒙着黄土，心中若有所思。若有所思是出自双雪涛一贯的克制，还是一切根本不知从何说起，只能欲言又止、王顾左右而言他？不管怎样，他在富人是否应该在胸前烙上一记红字的问题上，缄默了。方方则把炮口直接对准了富人。《涂自强的个人悲伤》第33节，一群优雅的女士在书城里座谈，一个中年女士批评现在的青年只知道赚钱，不懂读书，活像行尸走肉。方方的意思是，涂自强爱读书，想赚钱，可就是赚不到钱，最终沦为行尸走肉，而让他所有的自强的努力付之东流的祸首，也许就是这一群优雅的行尸走肉，他们优雅，他就必须是只能是"徒自强"。方方的抨击真是痛快，可惜回避了一个致命的问题：你自己属不属于优雅的一群？要知道，富之耻首先是一个抉心自食的问题，任何人都没有权力把自己摘出来，越富裕，越没有权力。其实，最早直面这一问题的是铁凝，因为这个问题如此锐利，让包括铁凝在内的许多敏感、善良的富人们如鲠在喉，不给出一个答案，他们就无法坦然享受自己的功成名就。于是，铁凝让那个女人问自己："我要为他的劳累感到害羞么？"女人在心里"反复"说，不，"大声"说，不。必得"反复"和"大声"地说，说明问题的峻切、致命，更说明铁凝把自己深深地搅入这一问题，她慌乱了，被刺痛了，她应激地给出一个否定的答案，效果当然是欲盖弥彰。所以，"反复"和"大声"地说不，实则是一个巨大的症候，症候把问题挑明了，敞开了，每一个有良知的富人都不能置身事外，都应该作答。

文艺改造不了世界，也启蒙不了"牙关紧闭"的"庸众"，它是一项软弱的事业，孤独的事业。但是，诚实的创作者会把自己搅进自己正在叙述的罪恶中去，他以自责、自惭为受苦受难的人们献上一份"薄奠"。只要读到、看到这一份"薄奠"，你也就被卷入了其中，你必须扪心自问，你会辗转难安的。本文的写作也是一份"薄奠"，所有看到本文的读者和我自己一起想想吧，我们的胸前有没有烙着一记红字，上面写着什么字样。

宝盒宝盒，我爱你！

万历年间，国子监监生李甲游教坊司，偶遇相传"院中若识杜老媺，千家粉面都如鬼"的十娘杜媺，一见倾心、郎情妾意，两个人就在院内做起了恩爱夫妻。过了一年，李公子囊箧渐空，鸨儿要把他扫地出门，幸赖十娘和友人解囊，他奇异地为十娘赎身，二人束装还乡。临行，十娘假托姐妹馈赠，带上一只描金文具，内装自己数年积攒下的不下万金的百宝。彤云酿雪，船泊瓜洲，公子鬼使神差，竟把十娘卖给孙富以获千金，悲愤的十娘抱着宝匣跃入江水。这一则出自《警世通言》的《杜十娘怒沉百宝箱》可谓家喻户晓，我在这里重提这个老故事的目的在于重审宝盒在杜十娘心中的分量以及宝盒与爱情之关系的古今变迁。

沦落风尘的十娘必须世故。她懂得宝盒的沉重，乡关万里，人生漫漫，跨出去的每一脚都可能踩空，听到的每一句承诺都未必作数，但只要有宝盒在，就不会有穷途之忧，宝盒才是她宝盒宝盒，我爱你！

在卖笑生涯里听到过的唯一靠得住的承诺，才是虚无的世界里永远不会背弃她的最实的实。她不可能像《锁麟囊》里骄矜的富家千金，一遇到啼饥号寒的贫家女就赠出锁麟囊，还若无其事地说："分我一枝珊瑚宝，安她半世凤凰巢。"锦衣玉食的薛湘灵哪里懂得穷通未有定数的道理，我猜，她在日后的劫难中应该设想过：假若锁麟囊还……世故给十娘一双慧眼，她早就看穿李甲的不可靠，或者说她太明白世界的不可靠，她真害怕她爱的人不过是一丘之貉，她只能近乎自欺地想：这个人说不定是一个例外呢？于是，她一定只能掏一百五十两银子，逼着他去筹措另一半的赎身钱，她要看看他娶自己的决心到底有多大。她一定要把沉甸甸的宝盒轻描淡写成姐妹的一点心意，她想试验一下他与自己厮守，也许还是做一对贫贱夫妻的诚心究竟有多深。她最恐惧的是万一他看重的不是自己而是自己的钱，她要自己在他面前是绝无仅有的有而宝盒是空无一物的空，虽然世故如她很清楚，宝盒是他们日后琴瑟和谐的物质基础。但是，他竟然把她卖了，为了不足宝盒一成价值的银子。那么，她只有死，因为宝盒再神奇，也只是生之保障，而没有了爱情，生已经没有意义，甚至就是荒诞和嘲弄。我想，她的临终之眼一定在冷笑：你果然不过如此。至此，我可以总结，杜十娘的故事说的是爱情之于宝盒的优先性、唯一性以及唯一之爱情的不可能性——太灼烫、太纯粹的爱情，凡人如何承受得起？不过，就算再不可能，还是要飞蛾扑火一样地追求下去，这正是古典爱情命定的悲剧性。

洞穴与后窗

到了"五四",罗家伦以一声"是爱情还是苦痛"的追诘,宣判既往的婚姻无非是苦痛,而爱情的绝对悬欠正是一种热烈的吁求和呼唤:那种属于灵魂的,就像"我和一株顶高的树并排立着,却没有靠着"(沈尹默《月夜》)一样的崭新的现代爱情,快些来吧,来得更汹涌些吧!是鲁迅最早揭穿现代爱情仍旧是苦痛,因为爱的每一天怎么离得开宝盒的支撑?涓生说:"人必须生活着,爱才有所附丽。"这是透过,也是痛定思痛,因为涓生如果拥有一只宝盒的话,他就还能跟子君谈易卜生、泰戈尔、雪莱,子君也一定还能说出"我是我自己的",眼睛闪烁着稚气、好奇的光亮。宝盒真是诱人啊,知识分子说要还说得含混、支吾一些,下里巴人则是明火执仗地夺了、抢了。于是,施蛰存《春阳》中的昆山婵阿姨就算抱着牌位成亲,也要得到上海银行里的一个保险柜,只要攥着保险柜的钥匙,她的世界就是稳妥的,她为之付出的一切,都是有报偿的。当然会有摇摆、失重、恍惚的时刻,特别当春天不由分说地来临,而且那个年轻的银行职员还是不可思议的好看、可亲。但是,刹那的走神还不足以把她拉出既有的轨道,走神甚至反过来证明她躺在宝盒上的世界的固若金汤。小说结尾,她喊:"黄包车,北站!"走神如艳遇,艳遇一结束,她就要回家,最稳定的家里是一定要让爱情走开的。

所以,我们不谈爱情,给我们一个宝盒吧,这才最实惠、最来劲。王安忆《长恨歌》里的王琦瑶一辈子阅人无数,但她觉得,要说是做夫妻,就只有和李主任了,"不是明媒正娶,也不是天长地久，但到底是有恩又有义的"。王琦瑶及其身后的王安忆跟冯梦龙一样深知，爱情是属神的，人间哪配拥有。与古典时代不同的是，王琦瑶不再仰望那一片不可能的神奇，她要的只是扎扎实实的恩义，而李主任对她的恩义就是那一只西班牙风格的雕花盒子，盒子里装满金条，哪怕李主任早已与失事的飞机一起粉身碎骨，盒子在，他的恩义就还在，有了这样的恩义，不也跟恋爱差不多了？从这个意义上说，宝盒是她的后盾、靠山，也是她的不谈爱情的爱情，她的现世里的乌托邦，她誓死捍卫它，哪怕女儿跟她要，也坚决不给。她的悲怆在于，誓死捍卫的宝盒其实是捍卫不住的。小说结尾，长脚掐死王琦瑶，抢走宝盒，她的临终之眼闪回四十年前的片场，一张大床，一个女人横陈床上，头顶也是一盏摇曳的电灯，她这才明白，这女人就是她自己，死于他杀——躺在宝盒上的世界哪里稳妥，或者说生而为人就不可能稳妥，因为世界只是一个巨大的片场，导演一声令下，灯就熄了。到了《富萍》，宝盒化身为一只樟木箱子，奶奶的硬气全来自它。奶奶揭开箱盖，在箱底摸出一个小包，兜底往床上一倒，倒出金戒指、金顶针、金锁片、两个元宝，对伤了她的心的戚师傅说：你讨我？你讨得起我？语气是硬的，也是悲哀的。但悲哀的奶奶绝不会像杜十娘一样怒沉百宝箱，她还要靠这只宝盒支撑着度过余生、养老送终的。我想，每一个像奶奶一样，悲哀却又不得不硬着头皮过下去的凡人都有一个属于自己的宝盒吧，大家都在心头默默地念咒语一般地念叨着：宝盒宝盒我爱你！

洞穴与后窗

紧紧攥住宝盒不放手的人们终究是悲哀的，相比较而言，我还是喜欢自称"小市民"的祖师奶奶的态度。张爱玲厌恶避讳谈钱其实把钱算得极清楚的母亲，因为这样的假清高是对于实生活的倒错；理解七巧自愿戴上黄金的枷，因为那即便是枷，也是黄金打造的，饿不死人。但是，当一座城的陷落成全了一对自私的男女时，张爱玲突然有了一种动人的领悟。她让白流苏拥被而坐，听着窗外悲凉的风，想："在这动荡的世界里，钱财，地产，天长地久的一切，全不可靠了。靠得住的只有她腔子里的这口气，还有睡在她身边的这个人。"钱财、地产看起来天长地久，但战乱让它们瞬间就烟消云散，流苏提前拥有了一双王琦瑶的临终之眼。把生命看得如此通透的她才会认识到，靠得住的还是睡在身边的这个最靠不住的男人。靠不住是因为他的自私、滥情（她知道婚后他的油嘴滑舌将全部奉献给别的女人）。但谁说爱了就一定要无我、专一，一定要永远地看着我，绝不会忽然掉过头去？就像李甲"终弃"了，就一定要把他爱时的深情缱绻抹除得一干二净？其实，只要有一个刹那的彻底的谅解，不就够了？因为这一刹那的谅解就是爱，这样的爱就能够照亮天长地久的晦暗，让他们在一起和谐地活个十年八年的。写《小团圆》时，张爱玲说："这是一个热情故事，我想表达出爱情的万转千回，完全幻灭了之后也还有点什么东西在。"也就是说，就算"完全幻灭"，也不必怒沉百宝箱吧，因为毕竟"还有点什么东西在"，这一点东西支撑不了她和胡兰成一起过下去，但足够她反刍一辈子的，反刍时的她真是热情啊，不信请看《小团圆》的结尾：九莉梦见青山上红棕色的小木屋，映着碧蓝的天，阳光下满地树影摇晃，好几个孩子在松林中出没，都是她的，之雍出现了，微笑着把她往木屋中拉。醒来后，九莉快乐了很久。我想，既不奢求全有（那是杜十娘，结果是壮烈），也不必全无（那是王琦瑶，结果是虚无），而是在不完满的现世追求刹那的谅解，在一片冰冻中保留一些不灭的热情，这正是张爱玲的独异处，也是她的"苍凉"和"不彻底"的由来。

洞穴与后窗

做梦、发痴与爱的可能
——从作为"处女作"的《雨,沙沙沙》说开去

一、缘起

王安忆非常重视"处女作",她的复旦大学小说讲稿《心灵世界》的第二讲就是"处女作"问题。她说:"我非常重视作家的处女作。我觉得在这之中有一些东西是非常可贵的,等到作家成长起来,成熟以后,他会写下许多好的作品,可是他处女作里的一些东西却是他永远不可再得的,而且是依然具有价值。"① 王安忆所描述的"处女作"之所以值得珍视,是因为它拥有一种原发的、未经污染的、完全属于个人的感性。由这样的感性所支配的写作就像"单枪匹马闯世界",是虎虎有生气的,在在都是新鲜,都是胜景;却又难免生吞活剥的嫌疑,处处都是生硬,都是破绽,且无法用现成的概念去套、去

---

① 王安忆:《心灵世界——王安忆小说讲稿》,复旦大学出版社1997年版,第24页。

命名，从而给人留下"不知道在讲什么"的印象。不过，正是这个"不知道在讲什么"却依旧要讲的"讲"，纠结着渴望、痛苦、犹豫和怀疑的"讲"，揭示出一个作家涌向世界的最原初的冲动和姿态，这样的冲动和姿态在日后的写作中注定要被逻辑化、体系化，却一定会有一些坚硬的残留，被打入潜意识，持续支配着他们的写作，成为他们的创作世界的基因、原动力。从这个意义上说，不是那些太清楚在讲什么，讲得那么圆融、顺畅的代表作，而是这些"不知道在讲什么"，讲得如此稚嫩、笨手笨脚的"处女作"，离作家的灵魂更近，于是，要想探究他们创作的规律，破译他们灵魂的密码，还得从"处女作"说起。

发表于1980年第6期《北京文艺》的短篇小说《雨，沙沙沙》并不是王安忆正式发表的第一篇作品，但是，在经过一番郑重的辨析之后，她还是把它认定为自己的"处女作"："我自己常常是将《雨，沙沙沙》作为我的处女作，虽然它并没有彰显的成绩，而获得全国性奖项的《谁是未来的中队长》，我则是将其归入前写作阶段。"① 这一略觉古怪的认定显然可以看作是王安忆的正式宣告：作为"处女作"、作为萨义德意义上的"开端"的《雨，沙沙沙》之于她的创作生涯，是一种开启、揭示、挑明、限制和隐喻。可惜的是，王安忆的宣告声并没有多少人听到、听清楚。

那么，让我们从《雨，沙沙沙》说起。

---

① 王安忆：《论长道短》，《书城》2008年第11期。

二、世界"打了个盹,做了个不近情理的梦"

小说这样开头:"天,淅淅沥沥地下起小雨。"雨,是一层帷幕,雨中的人们隔着一层帷幕看世界,世界以披着帷幕的样子被人们隔离地看取,于是,世界陌生化了,它还是它,它又不再只是它,它以既是又不是自己的样子向人们发出召唤,清晰又恍惚,好像是一场梦境。另一则著名的雨中故事,施蛰存的《梅雨之夕》中,也有一个类似的开头:"梅雨又涔涔地降下了。"只有在梅雨中,现世才不再只是一个人们"烦"于其中,所以多多少少被忽略、被漠视的环境,而是一下子翻转成一个被凝视的客体。就像那个不知名的女郎,原本只是一个擦身而过的路人,"我"之于她的关注,只能是一种"世俗的不经意"①,不过,隔着一层雨之帷幕,滤去了现世内镌着的计算和因果,她竟成了一帧被打量、被欲望、一直到永恒的风景:"面前有着一个美的对象,而又是在一重困难之中,孤寂地只身呆立着望这永远地,永远地垂下来的梅雨……"风停雨住,帷幕揭去,现世重又滑回计算和因果,"我"坐上人力车,赶紧回家(家、计算、因果的出发点和落脚点),"在车上的我,好像飞行在一个醒觉之后就要忘记了的梦里"。雨住是梦醒,那么,下雨就是作家为了造梦而施展的法术,而梅雨的"涔涔"声与王安忆的"淅淅沥沥"和"沙沙沙"声就像是梦的脉

---

① 【英】安东尼·吉登斯:《现代性的后果》,田禾译、黄平校,译林出版社2000年版,第71页。

搏,轻柔又笃定地跳动着。不过,别人都行走在计算和因果之中,梦中人的心神却被一个"崇高客体"所吸引,以至于失魂落魄,也就难免被路人认作是发痴,就像《雨,沙沙沙》中的雯雯不由自主地跑向末班车,却又收起脚往后退,好像在梦游,售票员不满地说:"发痴!"她也问自己:"发痴!我是发痴了?"自问,不是为了厘清,而是标明她已经更深层地陷入了混乱,她真的发痴了。不过,只有发了痴,她才会有渴望、有能量去展开一个属于她自己的世界,并在这一世界中遭逢上那些非解决不可却又注定解决不了的难题,一些属于她,更属于王安忆的难题。

"沙沙沙"和"淙淙",就像《封锁》中封锁的铃声,"叮玲玲玲玲玲"。张爱玲还要进一步发挥:"每一个'玲'字是冷冷的一小点,一点一点连成了一条虚线,切断了时间与空间。"被计算和因果统摄的现世如同电车轨道,抽长,又缩短,曲蟮一样往前移,没有完,没有完,单调、枯燥得让人发疯。然而,常人就像开电车的人,眼睛盯住两条蠕蠕的车轨,就是不发疯——在荒诞现世中安之若素、行礼如仪的人们都是常人,而那些觉出现世荒诞的人们才是不可救药的疯子。常人的典范,就是吴翠远。翠远长得不难看,有一种"模棱两可"的美好,决不"过分触目","脸上一切都是淡淡的,松弛的,没有轮廓",还梳着一个"千篇一律"的发式,几乎就是一个常人的模子。这个常人的模子,"在家里她是一个好女儿,在学校里她是一个好学生"。这里所说的"好",

应该就是跟她的长相一样的"模棱两可","仿佛怕得罪了谁"似的。只有如此之"好",她才能稳妥地嵌入现世,稳妥到好像刚刚加过润滑油。嵌入现世的她其实是看不到,甚至不存在的,她作为链条的一节,消失于整个链条之中。但是,封锁了,时间与空间被铃声切断了,就像梅雨把现世盖上一层帷幕,她和整辆电车都切进了另一重时空,一重梦境一样的时空,用张爱玲的话说,"整个的上海打了个盹,做了个不近情理的梦"。在梦境中,秩序坍塌了,逻辑断裂了,身份剥离了,就连远近的比例、长短的速率都紊乱了,于是,被淹没的"好"人、常人挣脱了链条的捆缚,作为自己凸显出来,第一次作为自己而存在的常人终于拥有了自己的面容、自己的麦克风,就像她和他同时把头探出车窗,脸异常接近,"在极短的距离内,任何人的脸都和寻常不同,像银幕上特写镜头一般的紧张"。就这样,她一直沉睡着的风情、泼辣、任性,以及一定要做点什么具体是什么并不重要但一定要冒犯到这个世界的渴望被激发了出来,她成了一朵"风中的花蕊",带刺的花蕊,摇曳生姿,顾盼生情。而他呢,平日里,他是会计师,孩子的父亲,家长,车上的搭客,店里的主顾,市民,但是,在这个奇异的梦境里,在这个不知道他任何底细的女人(不是好女儿、好学生,而是女人)面前,"他只是一个单纯的男子",一个散发着迷人却又危险的雄性荷尔蒙气息的男人——其实,回到现世,他不过就是一只乌壳虫。

胡兰成看到的张爱玲的第一篇作品,就是《封锁》,才看了一二节,他就"不觉身体坐直起来,细细的把它读完一遍又读一遍"①。《封锁》震动胡兰成的地方,说不定就是张爱玲让现世打盹,卸去计算和因果,让常人作为一个本真的人去直面自己的真相和难题的能力。"沙沙沙"的雨也让世界打了盹,雯雯走在自己的梦境里,她像翠远一样,不再是一个"好"人、常人,而是一个锐利的人、本真的人,这个本真的人可以也必须提出并解决属于自己的难题。更深一层的追问是,雯雯所遇到的问题比起她的前辈翠远来,有哪些不同和新变,这一问题又是如何开启、隐喻了王安忆后来的创作的?或者说,要弄清楚王安忆创作的"核",最便捷的通道可能还是回到四十年前雯雯的那一次发痴、梦游。

三、爱,是一种动势

梦的世界里,一切都被放大了,像是给了一个漫长的特写镜头,像有一台灵敏的设备在"收音",雯雯这才能听到"沙沙沙"的雨声,"就像是有人悄声慢语地说话",还能意识到窃语声悄然消失,同时看到"屋檐上偶尔滑下一颗水珠溅在地上"——一个《英雄》式的超级慢镜头。此时的雯雯是痴骏的,她不再是一个干练的女工,能够身手敏捷地扒上末班车;又是通明透亮的,她张开所有的感官去接收这个雨夜的讯号,温柔地走进这良夜。她的通明透亮和夜的温柔是相互生成的关系,

---

① 胡兰成:《民国女子》,《今生今世》,中国长安出版社2013年版,第138页。

根本不可能说清是她的通明透亮把夜看得格外温柔,还是夜的温柔抹去了她的尘埃,她由此通明透亮起来。就这样,本真的她走过橙黄色的夜、天蓝色的夜,就像穿行过一个个童话,童话世界里,"一切戒备都是多余的"。在童话间穿行的她真是自由自在,她行走在这个雨夜,同时又行走在上一个与他相遇的雨夜,那个有他的雨夜照亮了这个没有他的雨夜,他的缺席反而成了更触目的在场。于是,那个相信梦,告诉她不管在遇到什么难处的时候,都会有个人出现在她面前的陌生的他,引领着早已梦碎、不再相信梦的她,超越了计算和因果,作为一个本真的人去行走、去思考。她的思考当然依旧离不开车间、公交车、户口和粮票,但它们不再是基础,不再具有不证自明的坚实性,它们必须接受他的梦想、他的确信的质疑和拷问,它们竟是色厉内荏的。穿越过在现世中根本不可能穿越过去的重重隔障,她在心中与缺席的他响亮地对起话来:你是谁?我是我。你是梦吗?梦会实现的。她微笑着走进纯洁而宁静的天蓝色的夜。

"微笑着走进……",一个多么"十七年"的结尾啊,流溢着一种清浅、随大流的乐观。不过,就是这一与"十七年"文学趣味貌似暗合实则决然不同的地方,绽露出王安忆早在1980年就显现出来的独特性,此一独特性正是王安忆其后长达四十年的创作的"核"。

《雨,沙沙沙》的关键词是"梦"。那个"白云红帆送来的人"对雯雯说,我好像见过你,"在梦里"。梦境真是销魂,她全身心投入这场爱情，忘了自己，忘了时间；梦境又真是脆弱，被户口问题轻易砸得粉碎，留下她一个人面对着一片荒漠。对于梦的否定，出自王安忆这样的知青对于一代人命运的痛定思痛，他们不再相信任何廉价的许诺，对于任何许诺他们都要想一想、问一问：你到底想干什么？不过，王安忆毕竟从一个无条件乐观的时代走来，而且，她的血液里流淌着革命基因（在整理茹志鹃日记时，她写道，妈妈始终保持着一种"清丽的精神"，"生活的压榨没有使这精神萎缩，反而将它滤得更加细致和纯粹"，还写道，"共产主义思想的忘我性和人类性，可说是感情的至尊"[①]），于是，她和她的雯雯不可能完全放逐梦，哪怕梦早已成为齑粉，她们还是要给梦留一个空间，一个空空荡荡，亟待填补却又不知道用什么去填补的"绝对之域"。如此，我们才能理解雯雯为何拒绝相亲，为何不顾哥哥的嘲弄，仍旧保持着对于白云、红帆所表征的爱情的憧憬。需要说明的是，此憧憬不再是彼憧憬，此憧憬与其说是渴望以及相信能够遇到一份真实的爱，不如说是对于爱的不可能的心有不甘。再心有不甘，也不得不直面爱的不可能的真相，所以，当她看到他的"很大很明亮，清清澈澈，好像一眼能望见底"的眼睛的时候，她本能地狐疑、不屑，因为她曾经遇见过另一双好看的眼睛和一个丑恶的灵魂。只有到了这个温柔的良夜，她所有的

[①] 王安忆：《成长》，《茹志鹃日记（1947—1965）》，茹志鹃著，王安忆整理，大象出版社2006年版，第26页。

戒备被卸下,那个夜晚的清澈目光才能照进她此时此刻的心灵,她才会若有所悟:一个人怎么可以丧失"梦想的权利",怎么可以没有对爱的憧憬?有了这样的领悟,她不就是在爱了吗?在爱的辉耀下,她的身心都是充盈的、完满的,她这才能"微笑着"走进她的未来。

  从梦的废墟上重新燃起来的梦,已经不再是从前那个初级的、具体的因而也是脆弱的、一击即溃的梦,而是在看清现世的苍白、苟且的基础上仍然葆有一种超越的张力和可能,或者说,梦不是关于什么东西的梦,而是一种凝望,一种飞翔。有了这样的梦,爱就是可能的,可能的爱不是说爱某一个具体的人是可能的,而是一种朝向世界打开,让自己与世界相交融的动势。所以,那个他一定是匿名的、缺席的,很难想象,如果他真的又一次到来,会怎样?说不定下一刻就来但迟迟还未到来的他,再清楚不过地标明,爱,就是一种动势。梦和爱只能在由"沙沙沙"的雨声所诱发的梦游中获得,就像翠远和宗桢只有在"封锁"中才能做回一个真正的女人和男人,这些事实说明,写作不过就是赋予人生以本真以另一种可能性的努力。稍做对比,还可发现,张爱玲撇去浮花浪蕊,追索至人性的根基处,来看看"饮食男女"到底是什么样的,这个根基是时代的风浪所打不动的;王安忆则从时代的困境出发,探究一个人在不堪的现世中为自己拓开一个形而上的空间的可能,她的难题既是由时代所规定,就不可避免地夹杂了一些时代的陈词滥调,却又有能量超越时代的捆缚,拷问普遍的人生。

四、新铸的旧词与复杂的乌托邦

梦碎了,才要寻梦,爱是不可能的,才要创造爱的可能,现世壅塞着瓜皮、果屑和鱼腥,才要冲出它们的围困,去创造一个"心灵世界",所以,王安忆写作的起点,是承认现世的破碎、无聊和虚妄,旨归则是在这样的现世之中(不是之外、之上)开启一个形而上的空间,来安妥自己和世人的灵魂。此种写作冲动和姿态,一定会带来如下审美、伦理的后果。

这个形而上的空间是从现世中辩证出来的:它不离现世,离了现世,它不过就是无本之木、无源之水,与世人既不切身,也无生机;它又必须从现世超越出去,给现世以引领,以凝望的方向。也就是说,只有在与现世相斥、相吸的古怪张力中,它才能存在,才能激发出包纳一切、激荡一切、升华一切的能量。这样的空间不是现成的、放在那里的,而是王安忆在对既有的概念一一做出比较、甄别、否定之后逼迫出来的。在说到理想小说的形态时,王安忆说:"我还只能从否定的一方去表述,就是说,我知道不要什么,却还不知道要什么。"① 那个形而上的空间,就像是理想的小说,王安忆说不清它的样子和位置,只能用否定法去无限靠近。否定法的具体体现,就是王安忆的词语辨析法,比如,她对于美和好看的辩证。《长恨歌》从王琦瑶的照片议论开去:"美是凛然的东西,有拒绝的意思,还有打击的意思;好看却是温和,厚道的,还有一点善解的。"

---

① 王安忆:《自序》,《故事和讲故事》,浙江文艺出版社1991年版,第2页。

她的意思是,"美"是带有圣意的,不可能的,以美来衡量现世,现世当然不美,而她所能做的,就是从美的废墟上冲决出去,拓出"好看"这一境界。好看是对于美的废墟的超越,却还不是美,它在向美凝望和接近的过程中体现自身,同时带有着对于废墟本身的懂得和体恤。好看的王琦瑶只能是"上海小姐"第三名,因为大小姐、二小姐是偶像,是非人间的,而"三小姐却与我们的日常起居有关,是使我们想到婚姻,生活,家庭这类概念的人物"。请注意,好看的三小姐让人"想到"而非就是婚姻、家庭本身,好看是从现世跃出的一道光。再如,王安忆不喜欢"爱",喜欢"喜欢",因为爱太凌厉,太严格,不具备现实性,对于凡人,甚至就是苦刑,倒是喜欢看起来是家常的,却又超越了家常,它让家常在不得不沉沦于芜杂、琐碎的同时又有了对于爱的向往,家常于是有了被提升的可能,竟焕然一新了。王安忆解释过她的词语辨析法:"当我们去写作的时候,会感到有点苦恼,就是语言不够用,词穷,我所能做的就是朝大家用惯的词汇里注入新的内容,给它新的定义和用法,这个新又要有一定的分寸,否则就是不可理解的。"我的理解是,在王安忆看来,梦、美和爱之类的境界少了几分人气,且经不起锤击,她必须在梦上开启出新梦,在美中创造出好看,在爱里分离出喜欢,梦、好看和喜欢是旧词,实则是她的新铸,就是它们标志出王安忆夐夐独造的小说世界。

有趣的是,这些新铸的旧词都有一种居间性,它们排斥两极、吞噬两极,并最终从两极中升华而出从而包纳了两极。

这样一来,要想熔铸出令自己心仪的居间境界,王安忆就必须先触到两极,再于两极之间回环往复,于是,她始终在变与不变、隐喻与具象、有我与无我、物质与心灵、纪实与虚构的两极之间作辩证,这些轻易就能指明的两极都太脆弱、抽象,她把它们揉碎了,再造出属于她自己、却又难以一言以蔽之的境界,这样的境界,总是令人"词穷"。从这个意义上说,王安忆的小说是一种复杂的艺术——把被言语锁定、限制、简化的世界松绑,让它舒展、延伸、缠绕,从而重归复杂,复杂的世界让我们一再地"词穷",竟像先民面对那个未经命名的世界一样。此层意思,王安忆也有过说明:"我们做的活计,堪称莫须有……思想本来应该让存在更明晰,我们却相反,让世界变得模糊,暧昧,摇曳不定,仿佛物体在光影里的边缘……"①

新铸的旧词不属于现世,带着点乌托邦属性,新鲜、凛冽,把人们从安稳到死寂的生活中拉出来,朝向有光的虚空中走去。就像《弄堂里的白马》的结尾,孩子一路跟随着北路人和白马,它们走过一扇木门,"有那么一瞬,镶在了那一块光里边";也像《红光》的最后,"我"误闯入那间暗房,看到"我们街上"那么多互不往来的人们的脸,全在这里,"溶溶红光之中,栩栩如生,我都听见了他们的呼吸"……乌托邦的典范,就是

---

① 王安忆:《一个人的思想史》,《成长初始革命年》,译林出版社2019年版,第3—4页。

洞穴与后窗

《考工记》里阿陈的"纯良":"他这一生,总是遇到纯良的人,不让他变坏。"从根子上说,阿陈的"纯良"不就是雯雯"微笑着"向前方、向未来走下去的必然后果吗?看来,"处女作"真是一份隐喻。有了这一份乌托邦打底,王安忆有理由在自己与张爱玲之间划出界线:"……我和她的世界观不一样,张爱玲是冷眼看世界,我是热眼看世界。"①需要说明的是,王安忆的乌托邦是复杂的,复杂体现在:一、复杂的乌托邦建基于乌托邦破碎的现实,所以,绝不能把它混淆于"十七年"文学的清浅和乐观;二、它不是现成的,可以瞄准和谋划的,而是一种动势,存在于每一个否定的时刻,每一个逼迫的瞬间。

复杂的乌托邦,正是王安忆从"处女作"《雨,沙沙沙》开始,数十年如一日地创造着的动人世界。

---

① 王安忆:《张爱玲之于我》,《书城》2010年第2期。

王安忆的"创世记"
——以《比邻而居》与《弄堂里的白马》为例的考察

张爱玲说,造人是一件危险的工作,因为这是让明明不是上帝的父母被迫处于神的位置。其实,造人大抵源于本能的骚动,单纯地造就事实,造人者无暇也不必追问必不必要、可不可以,是危险而不自知的——危险而不自知,多少有点颠顸,却是安全的,因为毕竟可以稀里糊涂地渡过去。写小说才真是困难、危险到了不可能,因为小说家是要跟上帝一样隐藏起自己(上帝不可见,小说家也不可见),用笔(或者声音)带来光,由此开创出一个崭新、异己的世界的。当写作成了惊心动魄的"创世",小说家在开启每一段写作之旅时就必将感到惶恐、畏惧,他们不得不一再地反问作为肉体凡胎的自己凭什么以及该如何"创世"。这样一来,合格的小说家对于小说的文体当然应该拥有一定程度的自觉,不管是在写作"途中的镜子"(司汤达)一样反映现实的小说,还是创作从来不模仿现实,现实只是它的粗陋仿品的"谎言"(王尔德)式小说,他们都清楚

洞穴与后窗

自己是在建构一个与现实平行又彼此辉映的另一个不现实、反自然的世界,他们还会思考他们所建构出来的世界与现实之间的关系、距离……

作为一位文体家,王安忆很清楚自己不具备写作短篇小说所需要的轻盈和弹跳,她说自己不是巧匠,而是工匠,"一块一块砌砖,越庞大的体量越让我进入竞技状态"。本文偏偏扬短避长,以《比邻而居》(《当代》2000年第5期)和《弄堂里的白马》(《收获》2007年第5期)这两个短篇小说为例,来讨论王安忆的"创世"企图和方法,是基于如下考虑:"上手"状态中,主客体是交融的、相忘的,只有在略觉生涩的时候,客体才作为客体本身凸显出来,主体也才有可能思索客体之为客体的特殊性。王安忆也表达过类似的意思:"短篇小说在我的写作里,特别地突出了文体的挑战……由于先天上我与它有隔阂,就更可客观对待。"[①] 由于隔阂,所以更加客观,更加自觉,于是,短篇小说意外地成为我们走进王安忆的"创世记"的方便法门。

王安忆一直强调,小说要有故事,而《比邻而居》恰恰是没有故事的,也因其无故事而每每被误认作散文。无故事这一王安忆的"例外"状态提醒我们去留意她在构思、写作此小说时的"客观",或者叫刻意。她就是要看看自己能否在五千字的短小空间内开创出一个世界,而螺蛳壳里做道场的关键,当

---

① 王安忆:《论长道短》,《书城》2008年第11期。

然在于她的"创世"方法。其实,写长篇同样存在方法论的问题。《子夜》意欲勾连起中国社会的方方面面,来给它的本质下一个断语。于是,吴老太爷一到上海就必须一命呜呼,因为茅盾一来是要借此宣判地主阶级早已朽坏、风化,二来是要用吴府治丧的由头把政、商、军、学、新闻乃至交际界的头面人物麇集在一处,让他们"接触"起来,一场云谲波诡的大戏由此蕴蓄、开启。王安忆的困难在于,她的野心特别大,她要求五千字的世界不许逼仄,不能虽灵动却一闪而过,而是要呈现出一幅辽阔、笃实的众生相来。只有五千字啊,能写几个人?没有人以及人与人的"接触",怎么会有众生相?不过,她自有尖新到匪夷所思的方法:把人、事悉数隐去,唯余从公共烟道涌入的各家的油烟和嗅吸、想象着油烟的"我",于是,这条错乱的烟道就成了一个类似于吴府治丧的"平台",多种油烟以及油烟所映射出来的生活风格、生命态度于此交汇、激荡。至于"我"家的厨房会产生什么样的油烟,我们却是不得而知的,"我"家的油烟(如果有的话,压根就不该有)也绝不会与那些油烟融合到一处。这样的"我"其实不是一个"人",不需要肉身,只存在于对各家油烟的嗅吸和想象中,就像上帝消失于他的造物,也像作者死亡于他们的作品——王安忆的"我"才是全知全能的。

  小说写到四种油烟,其中大书特书,占去全文三分之二篇幅的则是一上来就说起的接近川菜,又朝北方菜系靠了靠的特别火爆的那一种,它总是大开大合、大起大落,"花椒、辣子、葱、姜、蒜、八角,在热油锅里炸了,轰轰烈烈起来了"。这样的剪裁,当然体现了王安忆对它以及它所表征着的生命态度的偏爱,在她看来,它才是世界的基数,才是世界得以运行的根本动力。它的特点在于一个"实"字,"实打实的,没有半点子虚头"。"实",首先体现于食材和制作方式的响亮和明确,它总是席卷来一股蓬勃的辣香、麻香,不接受一切微妙的、有涵养的、暧昧的味道。你当然可以指责它未免简单了些,不够蕴藉,但吃饭本来不就是一件简单的事情吗?吃饭让你果腹,让你快乐,而且,你还不得不承认这个路数的淋漓、泼辣,它一瞬间就能穿透复杂的你、虚无的你,带着你兴兴头头地活着,活下去。其次是规律,"每顿必烧,从不将就",让人"觉得他们过日子有着一股子认真劲:一点不混"。更重要的是,飘风不终朝,骤雨不终日,唯细水能长流,节制才是规律的另一面,或者说,保证。于是,一到钟点,热火朝天的油烟就涌过来了,灌满厨房的角角落落,一个钟头,绝不会超过,一定就收了。规律就是过日子的恒心、韧劲。为了试验一下这股子韧劲的成色,王安忆还让这家的人病了,一丝不苟的火辣日子是要靠极充沛的能量去过的,他们该怎么办?他们就一周炖一次鸡汤,草药的苦味和鸡汤的香气轮番飘来,"这也是认真养病的气味:耐心、持恒、积极、执着",他们真是有力,哪里打得倒。大概一个月出头吧,羊汤的香气一咕嘟、一咕嘟地漫过来,这是病好了,他们要重重地补偿、犒劳、庆贺。羊汤未必金贵(金贵其实是"虚"的),却有盛宴的气氛,带着古意,

"古人们庆贺战功,不就是宰羊吗?"就这样,疾病反过来把韧劲进一步夯实了,他们把日子过下去、过好的决心竟是如此强大。王安忆真是有着一颗世俗的心。

有趣的是,王安忆紧接着写到另一种路数的油烟,异端一样,夹在花椒炸锅的油烟中潜入。它不"实",而是虚无的,带点浮华的意思;不规律,有时一日来一次,有时两次,有时一次都不来,来,也不在吃饭的点上,想起来就来,想不起来就不来。它真是"孱弱"啊,是第一种油烟的反面,没多少油的它甚至都算不上是油烟,它不是生活的实体,而是装饰,是阴影。但是,谁说阴影就不重要了,没有阴影的烘托,实体就是鬼魂,是不存在的;阴影更要打破实体的呆板,揭开它的幽微、层叠的皱褶,世界原来丰富到惊艳,哪里是过日子可以一言以蔽之的?其实,它说到底还是过日子的一种方式,一种同样持久、迷人,同样不可或缺的方式,就像夜深了,一缕咖啡的微苦的香味悄然而至,弥漫开来,不也是绵长、深远的?再接着,王安忆又写到第三种,苏锡帮的,空气中都能拉出丝来。再写到第四种,没什么个性,但融会贯通不也是个性之一种?最终,油烟们混成了一团,再也分不清各自的来路,"我们这些比邻而居的人家,就这样,不分彼此,聚集在了一处"。王安忆想说的是,人各有"相",绝不能与别一个混淆,只有各有己"相"的人们汇聚在一起,才能交织出一幅众生相,众生相中,每一种"相"都是如此的栩栩如生,就像鱼游在水里。

不过,只要是油烟,就一定有污垢,就像生活本身必然带有脏、丑和恶。所以，王安忆不会仅止于写出众生相的美好和温暖，她还要在小说结尾处燃起艾草的薰烟，一年的油垢在草木的芬芳中一点点消除，这就像张爱玲点起一炉沉水香，沏上一壶茉莉香片，来中和、对抗她所书写的至暗人性。不同的是，渐渐地，王安忆这里的空气变得"明净"起来，"明净的空气其实并不是透明，它有它的颜色"。"透明"是没有，是虚无，而"明净"则是在众生相的"实"的基础之上飞跃、升华出去所获致的"有"，一种看起来虚无，实则比"实"更完满、丰盈的"有"，这样的"有"是有神性的。就这样，艾草好像是"创世"的光，就在这一束光的开启下，王安忆用一堆最"实"的材料垒成了一座"有"的楼阁，一个"心灵世界"。世俗的王安忆又是最灵动的。

在写作《比邻而居》的时代，五方杂处所构织出来的众生相，大概还是在指向上海的市民社会，上海没有个性，却因为汇聚了来路庞杂的个性而个性十足。上海的胃口真是大。《比邻而居》是在空间的横轴上铺展开去，试图为王安忆所理解、想象的上海性寻绎一个根源，那么，有没有可能沿着时间的纵轴溯流而上，去打捞上海的精魂？这一来，就有了《弄堂的白马》：王安忆让弄堂里无中生有地来了一个脸色严峻的北路人，牵一匹皮毛有些暗淡的白马，那么，会怎样？这里不是草原或战场，是弄堂啊，内外都是街道、房屋，还有熙来攘往的人和车，"一匹白马，终究是有些神奇"。神奇不单指人物与场景的分离，更指他们出奇的矜持，矜持到根本就不应该出现在这个喧腾、壅塞的所在：白马的鬃发在前额上剪齐成刘海，像一个小姑娘，与主人一起徐徐走来，每到一扇门前，就停下，静静立着，并不吃喝，等待门内人家决定要不要买一碗马奶尝尝，等一时，没动静，就再朝前走。平淡、细碎的市井中竟有这一幕神奇，令人不得不遐想、追究起白马的来历，于是，叙事人（这一次，干脆没有"我"，因为"我"还是拘束了些，还多少带些肉身性，王安忆是要全知全能地"创世"的）把白马放进从嘉靖年间的上海县直到海上生明月的远东巴黎这一广袤的舞台，缕述起有关它的身世的六则传说：倭寇进逼，一骑白马遥遥领先，所到之处，血溅路开，海防兵陈瑞挥刀砍向马首，寇首落地，白马早已偏过，从此流落民间，那么，这匹小母马就是日本马了，说不定还是名骏之后，"如今偏安一隅，沦为引车卖浆之流"；大约百年以后，明室南渡，数十骑清兵呼啸而来，席卷而去，有的自行突进城门，那么，卖乳的白马就是它们的子嗣，牵马人也就是旗人，如今，"人和马都归了汉"……对白马的身世做出如此悠远、庞杂且无关联的揣测，用意在于为上海及其特征寻找或者说创造出根源，并由此根源反过来把这些特征加粗、描黑，因为马无非就是人，就是城——由一匹马的身世钩沉出一座城的历史，就像从一股股乱入的油烟推演出众生相，都是最奇崛的、独属于王安忆的"创世"方法。白马所表征着的上海具有如下特征：一、远：我们想当然地以为上海是横空出世的，没有根基，它的根系却原来扎得那么深，那么密，它也拥有一个梦一样的前身；二、杂：倭寇、旗人、

洞穴与后窗

英国兵、小刀会、张謇的垦牧公司、赛马总会,它们都是上海的基因之一种,正因为杂,上海才能"一",才能成就它自身,就像无数种来路不一的"相""比邻而居"成上海的众生相。

叙事人继续神游:在这些身世煊赫的上等马之下,这城市还有过那么多苦作的马,拉人,载货,吃鞭子,被阉了生殖器,哪一个是白马的先人?其实,由煊赫而沦落的要比从来就是苦作的更苦,因为苦在失落了的甜的映衬下是要加倍的。如此一来,王安忆通过白马所勾勒出来的上海的底子就是平民的,接近花椒炸锅的路数,迥异于一般人的上海想象:上海,不就是一缕咖啡的苦香?平民的日子真是苦啊,苦到安详地接受苦,习惯于苦,就像白马也许被北路人的粗手挤裂了奶头,也许肉掌中扎进碎砖烂瓦和铁钉子,也许生了搭背,挺遭罪,却只是大颗大颗地落泪,从来不会反抗。对于苦的安之若素造就前文所说的矜持——矜持不是高贵,而是认命,是冷淡于自身的命运。王安忆接下来讨论的问题是:上海,也可以拓展到所有的地域,无穷的人们("须知世上苦人多",大家都是"命运的同道"),他们为什么没有被苦日子击倒,他们又拿什么去面对和渡过挨挨挤挤、密密麻麻的苦日子?她的答案是一个稍纵即逝的镜头:弄堂无人,北路人发出一声"喔唏",白马忽然迈开步子小跑起来,铃铛和马蹄声清泠地响着,马尾巴扬起又伏下,腰和臀凸凹着,"有一点妩媚,又有一点风骚";又一声"喔唏",白马停下来,回到原先的步态,四周复又沉寂。这么苦的人和马也有如此惊艳的时刻,有了这样的时刻,他们就是"活泼泼的"。请注意,"活泼泼的"是由"二程"开创性使用的宋明理学关键词(在理学语境中,"的"作"地"),指的是"鸢飞鱼跃"的动人场景:鸢在高空上飞,鱼在水底里游,它们是灵动的,不息的,它们又不是为动而动的,而是听从本心,自然而然地舒展着,游荡着,"随风自俯仰",它们真是潇洒啊。王安忆坚定地认为,白马和北路人的心性中葆有"鸢飞鱼跃"的根芽,他们骨子里就是高贵的,他们也可以是"饭疏食饮水,曲肱而枕之,乐亦在其中矣"的圣人,是窗草不除的周茂叔,无论多么贫贱的日子,高贵的他们都可以体面、平静地过下去——从这个角度说,矜持又还是高贵,高贵到不为命运所打动。关于"活泼泼的"时刻,王安忆还有两点强调:一、这样的时刻只能是"偶尔的,千年难得",经常的话不就成了纨绔和孟浪?二、这样的时刻只能被一个孩子的天真之眼看取。是什么样的孩子呢?他一直"羞惭"于不能得到大人的允许,买一碗马奶。他的"羞惭"就像是《老王》中杨绛对于老王的"愧怍","一个幸运的人对一个不幸者的愧怍"。其实,都是"浩劫"中人,杨绛又能幸运到哪里去,但她就是为自己略幸运一点的命运而不安了,这种不安就是"赤子之心",就是"不忍",是仁之"端"也。只要有这个"端"在,我们就能看到周遭偶尔绽出的"活泼泼的"并进而开启出自己心性中潜隐着的"活泼泼的"。于是,《弄堂里的白马》的结尾,我们看到一幅寻常又神奇的"孺慕"画面:这孩子一路跟在人和马的后面,走在明晃晃的弄堂里,直到他们走过一扇破烂的木门,然后消失。叙事人不忘说明,有光照进来,有那么一瞬,人和马镶在了光里。这幅画面带着我们穿越了几百年沉重的风雨,穿越了弄堂的飞短流长,穿越了细碎、寒素的生活,一路来到了乌托邦的门口。不必推门进去的,因为我们已经知道,这是最安宁的所在,就像没有一丝涟漪的湖水。就这样,王安忆用白马、北路人和孩子描画出一个混沌、心酸的世界,同时给这世界带来了光,世界有了得救的可能。

这又是一个从弄堂出发,最终却无关乎弄堂的"心灵世界"。

迷楼：穿越时间的空间
——论王安忆《考工记》

王安忆的小说观存在着一重紧张，一种悖论。她需要一个"原初的事实"①，因为"原初的事实"包含着"极强的、没有商量的"合理性，她信赖这一份合理性，合理性是她铺展叙事旅程的最坚定的基石。她又要求从"原初的事实"出发，一个字一个字砌起来的"纸上世界"必须拥有自己的绝不能混同于现实世界的逻辑。由这样的逻辑径直推衍开去，她的小说终将生长成一种"反自然"②的存在，它不是现实的对应物，不需要从现实那里获得认可，它只是它自身。紧张由此而来："反自然"的存在如何可能又是用什么方式来消化那个"原初的事实"的，"原初的事实"内含着的逻辑难道就不具备韧性和吞

---

① 王安忆：《小说的创作》，《小说课堂》，人民文学出版社2018年版，第293页。
② 王安忆：《小说是什么？》，《心灵世界：王安忆小说讲稿》，复旦大学出版社2007年版，第9页。

洞穴与后窗

噬力,特别当它又是那么具体、那么坚硬的时候?①

到了《考工记》,那幢老城区的旧宅子实在太具体、太原生了,王安忆很清楚,她的写作必将遭遇极大的风险:旧宅子自身的逻辑会时不时地干预她的"最初的企图",影响"假设的途径","尤其是,这途径还蒙蔽在虚无中,摸索着前行"。②本文想要追问的是,从现实中的旧宅子到小说里的"煮书亭"(原名"半水楼"),王安忆究竟保留了什么,剔除了什么,又赋予什么,最终,旧宅子又是在什么样的逻辑的推动之下,成长为一幢独一无二的纸面上的楼的?

一、一块墓碑,一面巨大的白旗

王安忆说,那幢旧宅子无可挽回地颓圮下去,烂成一摊,变成瓦砾场,唯余门前一座方碑,勒石铭记,市级文保,"就像一块墓碑"。不过,这是写小说啊,而且写的是"考工记",王安忆当然要让宅子在大虞的手上"天工开物"一般地重发生机,它本来就应该在她的小说中光华四射,直到永远的。但是,除了第四章"集后处"汪同志派来的一老一少

---

① 关于这一重紧张、悖论,王安忆有过多种表述。比如,"……从'我'出发,走到'无我'的时间和空间,为'无我'建筑一个乐园,以有限建筑无限。""以有限建筑无限"当然是不可能的,但恰是这一份不可能令她越发神往:"在'我'的边界,仰望无边无际的'无我',真是深邃,你的目光将接壤处推远,推远,远到无限。"(《相逢俄克拉何马——俄克拉何马大学发言》,见《成长初始革命年》,译林出版社2019年版,第167页)

② 王安忆:《小说应有另一种人生》,《长篇小说选刊》2019年第1期。此文为麦田版《考工记》的"跋"。

做了些补苴罅漏的工作,他们轻盈的腿脚、沉着的风度,有点慵懒又有点倨傲的神情,也跟营造和匠作多少有点关联以外,直至最后一章的最后两节,"文革"结束,鸠占鹊巢的瓶盖厂关门大吉,陈书玉这才开始为修葺宅子而镇日里奔走,而且,他的奔走还将陆续迷失于历史的湮没不闻、产权的纠葛和大虞的去世,鬼打墙一样,兜了一大圈,又回到原点。如此,我们才能理解阿陈为何会哭倒于大虞的棺前,他的伤心一来像奚子所说,兄弟如牙齿,紧紧相依,缺了一颗,就都松动了,二来是因为大虞死了,老一辈懂得"攻木之本"的大木匠没了,修葺还从何说起?让大木匠遽然凋零,釜底抽薪地摧毁修葺大计,属于王安忆从原生活保留的部分。她说,旧宅子里的老人,应该就是阿陈的原型吧,经常骑车去青浦郊区,看望几个专攻清代木结构建筑的大木匠,岁月流逝,大木匠们相继离世。修葺大计既不得不胎死腹中,小说就只能如此收尾:上海大开发,四处起高楼,这片自建房却迟迟不动迁,形成一个盆地,宅子则是盆地的锅底,防火墙也歪斜了,"就像一面巨大的白旗"。

《周礼·冬官考工记》云:"天有时,地有气,材有美,工有巧:合此四者,然后可以为良。"[①] 王安忆却要悉心描画这么一座尽"美"尽"巧"却丧"时"失"气"的宅子,她分明是在进行一次反"考工记"的写作,反"考工记"的高

---

① 杨天宇撰:《周礼译注》,上海古籍出版社2004年版,第600页。

洞穴与后窗

潮,就是这一面巨大的白旗和那一块"墓碑"。白旗和"墓碑"来自现实,但一定要保留这些与"考工记"的本意背道而驰的现实,不已是虚构,一种潜藏着深刻用心的虚构?在虚构的世界里,它们其实是一个症候,一次宣誓,王安忆就是要用宅子的死来让它不死,因为拒绝新生方可以得到永生。设想一下,宅子如果成功开发,修旧如旧,成为一个景点,或是某一项庞大的地产项目的点睛之笔,这才真是虽生犹死啊。这里的"犹死",说的不是生命的终结,而是指特殊性被耗尽、掏空,从而被吸收进资本的普遍性,成为一种以特殊性的样态存在着的普遍性——老上海的符号。资本不需要老上海,但需要老上海的符号。作为符号的宅子没有历史,没有前世,没有生命,它被资本"辖域化",成为资本的一个部门,一块区域,可以与任意别的部门、区域做等价交换。死才是一次德勒兹意义上的"解辖域化"的过程。它死了,没有被开发成老上海的符号,却由此幸运地封存住自己的特殊性,那些曾经在里面居留过的人们所留下的所有的痕迹(虽然,宅子里的人,"好像一代一代地蜕壳,蜕到后来,终于什么都没有"),他们有过的所有的歌哭、爱恨,都不会褪色,更不会被抹去,而是幽闭在某一个静谧的角落,一不留神,就会溢出,化作一阵繁响。对此,一夜无眠的阿陈感触尤深:"说是一个人的日子,周围都是有人!"这样一来,这宅子就不只是一堆木头,它是一个活物,有脉搏,会呼吸,操持着自己的语言,一种词汇和语法都无法归类的古奥的语言。诸暨籍的奶娘拍哄夜哭郎：再哭，山魈来吃你！叙事人说："这活物大约就叫山魈，谁见过它？"这活物原来就像山魈，是有"魅"的，唯有有"魅"的活物，方能为去历史的城市作证，又或许不是作证，它自己就是历史，内藏着一道道皱褶，等待着有心人去打开。

幽深、层叠、魅影幢幢的宅子就是一座迷楼。隋炀帝造迷楼，幸之，大喜，说："使真仙游其中，亦当自迷也。可目之曰'迷楼'。"迷楼好像是迷宫，宇文所安却看到它们之间的本质差异："在迷宫里，一个人总是想要走出去；在迷楼里，这个人却尽情享受留在里面的经历。"[①] 也就是说，迷宫是一个过程，必须穿越过程去寻找一个出口，抵达出口的瞬间，过程即委顿。迷楼则是目的本身，无法穿越，也不必穿越，这里只有无休止的、乐此不疲的驻留。不过，并不是所有人都消受得了这一份驻留，因为驻留其中，也就意味着放弃了起点和目的地，拆除了结构和语法，没有了结构和语法之锚，驻留的人们必将飘荡成魅影、幽灵，"出了宅子，才有了形状，汇入人群"。其实，常人的体内先天地埋设了一条从起点到目的地的逻辑锁链，饥渴于明朗和一目了然，无法忍受幽暗、混沌、暧昧，于是，阿陈的父母、姑婆和张爸一家这些常人一有机会就逃离了宅子，只剩下阿陈一个人，伴随着无穷无尽的记忆，在

[①]【美】宇文所安：《迷楼：诗与欲望的迷宫》，程章灿译，田晓菲、王宇根校，生活·读书·新知三联书店2003年版，第4页。

洞穴与后窗

这个自在王国中做一个快乐又忧愁的国王。①

迷楼有着神奇的吞噬力,摧毁上北下南、左西右东的地图化空间,空间不再从系统中获得定位,而是在彼此的关系里得到印证,抑或从关系中逃逸,空间由此丧失了确定性,每一扇门的背后都缄默着一份未知;搅乱线性时间,时间不再是由过去而现在再将来地匀速流淌,流向一个终极的地方,而是空间化成一个个房间,或者叫格子,一个格子就是一段虽已逝去却又因为被空间化从而得以留存的时间,过去的无数段时间就以格子的形状一起栖息于迷楼之中,老死不相往来,只有在静夜里被阿陈听取。时间空间化的经典意象就是姑婆那张脸,旧宅子孵出的奇异物种,又老又嫩,无数的过去与现在共存其中,仿佛一块活化石。时间空间化的典范场景则是抄家。大小瓷器一麻袋,香炉烛台一麻袋,折扇、卷轴、线装书、字帖从楼上抛下,漫天花舞,可以想见,它们在不同的时代由不同的人们所拥有,它们已经在自己的格子里静静地躺了很多年,现在,它们和它们所表征着的时间以及从这些时间里走过的人、事一下子复活了,以被籍没的方式复活了,相逢了,挣脱线性时间的锁链相逢了。多么辉煌的场景啊,就像是嘉年华

---

① 纪德重述忒修斯的故事时,依旧乞灵于阿里阿德涅的线团把忒修斯和他的随从们带出迷宫。关于迷宫,阿里阿德涅和她身后的纪德这样宣判:"迷宫的香烟及其散播的遗忘"令人心醉神迷,恍若梦境,但这一切无非是"一时的堕落"。这一判词流露出世人对于幽暗、混沌、暧昧的由来已久的恐惧。《忒修斯》,见《田园交响曲》,李玉民译,中国友谊出版公司2018年版,第176-184页。

会,阿陈难免微醺,以至于忘形。线性时间断裂的后果是,出入迷楼的人常有一种隔世的恍惚感,不知今夕是何夕,因为他们不知道在什么地方就会迎面撞上一段过去,过去原来并没有过去,而是一直蹲伏着,伺机窜出。时间不单不再向前流淌,它还会静止,会退行,"退到最初,没有人,没有花木,没有房,没有楼,没有这宅子",一片荒芜,而荒芜才是最有力的起点,从"无"生出一,生出三,再生出万物——因为能够"无",所以才能收纳无数的"有"。时间还是重复的,当下的情境不过是过去某个片段的又一次闪回,或者说,情境不是一次性地呈现并耗尽自身,存在某些"元情境",它们在不同的时间里绽出,就好像理念栖居于诸多的现象里。比如,阿陈夜校下课,从大马路骑下窄街,大炼钢铁的喧嚣抛在背后,灯火昏暗,断垣上人影晃动,是在捡拾碎砖,这画面就像多年前他独自一人从西南回到上海,宅子前的瓦砾堆上,无家可归的人拆了门板窗框,点火起炊。不过,"事情不会简单地重复",重复产生差异,差异从相似处浮出:就是这一份"依稀仿佛"让阿陈领悟到,"此一时彼一时,早已换了人间"。至此,王安忆以日常书写历史的辩证机制水落石出了:日子大体重复,重复的日子又会在某一个以差异的形式表现出来的契机里让人猛然领悟到巨变,所以,能不写日常,既重复又铭刻下差异的日常?第二章的开头说:"百姓的日子,似乎有恒常的性质,像水一样,无论从谁家岸边过,都一径向前去,这里断了,那里又续上。"流水似乎还是那个流水,流水早已一径向前。

二、"筛子再密,也有漏不尽的几粒"

王安忆自述,将小说题作"考工记",有三重考虑,其一、其二很好理解,不过是不管宅子有没有修,故事毕竟围绕着修葺展开,再以《考工记》的官书身份,反讽小说的稗史性质。其三就比较晦涩和歧义了:"这个人,在上世纪最为动荡的中国社会,磨砺和修炼自身,使之纳入穿越时间的空间,也许算得上一部小小的营造史。"① 所谓"穿越时间的空间",说的就是时间空间化,宅子穿越百年,百年都在宅子中驻留下来,一部"蟠桃会"砖雕,一块碎裂的地砖,一束泛黄的地契,都是一个个不死的过去,一段段空间化了的时间,于是,构筑这幢纳百年风雨于一身的纸上的迷楼,不正是"一部小小的营造史"?但是,这个磨砺和修炼着自身的人呢,为什么不能把他也看作是一个"穿越时间的空间",一座移动的迷楼,他的心头、脑中和肌体上不都留下了一段段过去的擦痕,或者被它们所形塑,擦痕和所塑之形不就是一个个被时间穿越之后的空间?或者说,没有这个人,宅子就是死的,驻留其中的过去并不存在,而没有这个宅子,人也是稀松平常的,擦痕和形状早已漶漫或者变异,根本不可能被激活成一段段永不消散的过去。是人与宅子一起浇筑成

---

① 王安忆:《小说应有另一种人生》,《长篇小说选刊》2019 年第 1 期。

一座迷楼（阿陈只离开过迷楼两次，第二次的串联经历，小说提也不提），王安忆就像是大虞一样的大木匠，"榫头和榫眼、梁和椽、斗和拱、板壁和板壁，缝对缝"，严丝合缝地营造出这座迷楼，《考工记》既是对于这座楼的营造，又是对于营造的记录，还是这座楼本身——在这里，营造、营造史和营造物，是一体的。

那么，为什么是阿陈？阿陈最根本的特点是"无"。"无"一方面指阿陈隐身于时代，"让自己贴世界的边缘，最不起眼，有和没差不多"。就因为"无"，他方能历劫而完身。另一方面则说心性。前文说到迷楼中的恍惚感，恍惚到怅惘的，就是阿陈了，比如，某一个时刻，"他仿佛站在昼和夜的分界线上，两重天地既近又远，咫尺天涯。那一边有故旧，这一边是新知，他在中间，哪边也摆不脱，舍不下，满心怅惘"。怅惘到伤感，到软弱，到"无"，不过，正因为"无"，他才能随物赋形，保存下所有的擦痕和形状，进而复活并串联起那些业已消逝的"有"，而且绝不会因为串联这一动作而改变、伤害到那些"有"。比如，乱世中人，本该粗粝和麻木，他却越发善感，一再地想起小龙坎那个误食美丽的毒蘑菇而香消玉殒的女生。俄菲莉亚一样的"美的牺牲者"，真是令人忧郁。不过，如果没有他的善感，"美的牺牲者"早已被忘却，忧郁又从何说起？她正是因为他的善感而长存于他的记忆，同时被镌刻进迷楼。需要强调的是，作为"无"的阿陈不单与时代若即若离，还必须

洞穴与后窗

与日常生活保持一段距离,否则日常生活的油垢在满足他的同时,又会令他迷失、堕落,太过壅塞的空间如何穿越并驻留漫漫的时间?于是,冉太太寄来的大量食物无限地激发出他的动物性,他无节制地吃、吃,仿佛吃出了猪的身形。很快,食物被消耗干净,余下一张食物清单,这张取消掉物质性的清单才是一个纯粹的精神世界,才是他的相思——从食物到食物清单,是清空,也是升华,终点就是"无",一种不是空无一物,而是从日常生活中挣出的切切实实、盈盈欲溢的精神性的"无",犹如最饱满的"有"。陷溺进日常生活的终极道路,是性和婚姻,性和婚姻完满一个人,也彻底地捆缚住一个人,所以,直到最后,阿陈还是童男子,"未开蒙呢"。童男子不是没有春情和相思,否则就真是空无一物了,他必须从与采采的似近实远的爱情和对冉太太的单相思中走来,如此,他才算是一个现实的人,拥有了自己的肉身。但她们绝不能走进他的生活,走进迷楼,就连冉太太都只能远远的,直至跟朱朱去了香港,留给他一个领着三个小萝卜头的身影和一张食物清单,成为他的精神世界,他的信靠——走近了,进了,就是无穷的麻烦和累赘,就不再是"无"。正是在这里,王安忆对"原初的事实"做出重大删改。她说,旧宅子里的生活庸常琐碎,"仿佛一出市井剧",理由就是老人时常与邻人的蚕食展开攻防,或者愤怒地驱赶入侵的鸡群,而老夫人则抱着孙子在残垣断壁中闲走,悠游自在,"俨然处于两个维度"。老人原来是有婚姻的，婚姻生活注定是一出"市井剧"。为了确保"无"的纯粹，阿陈必须独居，独居的阿陈当然会一再遭遇并不得不想方设法解决自己的"生计问题"①，却不会陷溺进日常生活，处于日常生活边缘处的他才能把他所经历过的人和事一一铭刻进迷楼。脂砚斋评《红楼梦》，有"晴有林风，袭乃钗副"的说法，此种"一主一副"的模式，《考工记》也有运用。那个风情主妇屈尊来上夜校，也许只是想谋个民办小学老师的位置，想来总归有她不得已的原因。落魄却依旧矜贵的她分明就是另一位冉太太："他们都是跨越新旧两朝的人，就像化蛹的蛾子，经历着嬗变。"不过，王安忆为冉太太之"主"设置这么一个"副"，用意并不在于以"副"托"主"，而是要从"副"与"主"的"像"中凸显出绝对的"不像"，越"像"，越"不像"：在班长的棒喝之下，他一帧帧地闪回女人的娇嗔、一来一去的调情、男学生的敌意、众人的疏远，简直羞愧难当，再一次见到女人，不由心生厌恶，"厌恶她玷辱了冉太太"。冉太太原来具备不容玷辱的神圣性、唯一性（唯一到他不得不承认，不讨"娘子"的真实原因，就是"他不相信世上还有第二个冉太太"），而神圣、唯一的重要前提，就是冉太太绝不风情，她之于那个女人，就像是令他思之落泪的食物清单之于让

---

① 王安忆强调，小说家必须处理好人物的"生计问题"，"如果你不能把你的生计问题合理地向我解释清楚，你的所有的精神的追求，无论是落后的也好，现代的也好，都不能说服我，我无法相信你告诉我的。"《小说的当下处境》，见《小说课堂》，人民文学出版社2018年版，第255—256页。

他堕落得欲罢不能的食物。

就这样,阿陈以亲历的方式带出太多20世纪中国的断片,一股脑藏进了迷楼。因为是一个"无",所以他一定程度上免遭历史的规训和塑造。他就像一条河,静默地蜿蜒,一路倒映着沿途的星光和云影。作为"无"的他也无力赋予断片以逻辑和秩序,断片只是作为它们自身散乱着,无声,却极坚硬,不可磨灭,而他和迷楼则是它们的见证。比如,汪同志为什么上吊自杀?他哪有能量来刨根问底,或者说,这世界哪有什么根底,有的只是叙述和"故事",而他所能做的,只是把他所见到的一个乡下来的转业军人与"十里洋场"相遇时所发生的"事件"的断片刻写下来,让它不被"霓虹灯下的哨兵"之类"故事"所吞噬,虽然它很快又被打入了流言——人是虚的,流言才是实的,他的眼泪都要下来了,不过,眼泪不也是刻写,不也是另一种实在?① 再如,饥馑的日子,他下班回家,看见女工在传达室门口凳上坐成一排喂奶,婴儿的头直朝母亲怀里拱。"母亲一律木讷了脸,身边站的婆母却表情生动,不自觉地嚅动嘴,仿佛帮助孙儿吸吮"。他无力深想,他已被从画面射来的一支箭穿透,他只要活着,心头就带着饥馑的箭伤。严歌苓《一个女人的史诗》写淮北的饥馑,却是要讲

---

① 巧合的是,王安忆的父亲王啸平正是话剧版《霓虹灯下的哨兵》的导演,作为"事件"的汪同志之于作为"故事"的陈喜,莫非是王安忆与父亲进行隔世对话的一种方式?

"故事"的:一个女人生孩子,孩子死了,就让公婆喝自己的奶,她先死了,公婆接着死了。严歌苓要的是"故事"给人的震动。还如,瓶盖厂迁空,铁门边的小屋也清空,地上遗了几只纱手套,让他想起守夜人的残手。近乎隐身,因为隐身所以显得格外阴鸷的守夜人也在他的心上留下触目到忧伤的印象,于是,因为他的串联,守夜人也被编织进了迷楼,守夜人所经历过的街道工厂的卑微历史被空间化为那间小屋,再也不会消散。

阿甘本论当代,有一个奇异的比喻:遥远的星系在以巨大的速度远离地球,它们发出的光永远无法抵达我们,所以,黑暗并不是绝望的深渊,它也是光,一种试图抵达我们但从未抵达我们的光。[①] 如果把我们所立足的当下看作地球,一百年来中国所发生的无数过去就像是海量的星系,只有极少数的过去因为符合我们的语法,能够被编织进意义序列,才为我们所感知,成为点点繁星镶在天穹,绝大多数的过去正在加速度地离我们而去,被吞噬成了黑暗,成了失踪者。作为一个"当代人",王安忆从时代之光中搜寻着阴影,感知着黑暗,或者说,小说家的德行不就是把那些被历史抛弃的幽灵显影在自己的底片上,让它们再也不会失踪?大虞说,"筛子再密,也有漏不尽的几粒",与张新颖谈《匿名》时,王安忆还说到"除不尽

[①] 汪民安:《福柯、本雅明与阿甘本:什么是当代?》,《马克思主义与现实》2013年第6期。

的余数","各种各样的方式都除不尽他"①。其实,逻辑如此不证自明,公式那么环环紧扣,有什么东西漏不尽、除不尽呢?王安忆却偏偏迎向逻辑和公式的光亮,从光亮中感知黑暗,感知那些业已错失的光亮,感知也许只有她才能感知到的"漏不尽的几粒"和"除不尽的余数",从而写下汪同志、女工、守夜人以及他们的被正史所删除、摈斥的生活史。从这个角度说,王安忆就是当代中国的拾荒者。

三、"清丽的精神""乌托邦诗篇"与纯良

黑暗之所以沉入黑暗,不是因为它们没有留下过痕迹,而是因为它们的痕迹无法被时代显影,更因为被打量有时候意味着被曝光,让什么出场不过就是让它去消亡。就算有些痕迹有幸被写进了典籍,终究还是逃不过一个虚无,因为典籍从来就不是牢靠的。你看,阿陈去图书馆搜寻宅子的鳞爪,才算知道典籍是怎么回事了:"那些黄脆的字纸,沾不得半点'液体',一沾即没入虚无……"这里的"液体"指茶水、墨汁,更指打量字纸的眼光,字纸和它一遇合,即烟消云散。以感知黑暗为志业,王安忆就必须挣脱时代的势利眼光,打碎坚硬的逻辑和公式,对她的人物抱有更大、更多的善意,更决绝、更通透的理解。于是,她总是不忍心把人物想得太坏。阿陈觉

---

① 王安忆、张新颖:《文明的缝隙,除不尽的余数,抽象的美学——关于〈匿名〉的对谈》,《南方文坛》2016年第2期。

得:"人是困窘,事是困窘,世道皆为困窘。"困窘之人就难免尴尬之事,对于这些尴尬的人、事,她和阿陈一一加以原宥。比如,得势的奚子一直在疏离他们,阿陈想,他一定有他的身不由己;落难时前来投奔自己的奚子则是可怜的,他越是有着一个大大超出自己和大虞之常识的寥廓世界,就越是可怜。哪怕是小说中唯一乖张到令人憎嫌的人物——姑婆,哪怕姑婆正在贴一张与剥削家庭一刀两断的大字报,阿陈依旧从那个陌生的落款去揣想姑婆也是一个常人:"原来姑婆有一个娟秀的闺名,想她也是从女儿长大,由嫩到熟,老朽成这不识时务的样子。"

接下来的问题是,这么大、如此多的善意从何而来?这就要从《考工记》对于红色官员带点崇敬的温情说起。那个女书记明明官派,没有性别,她就是要让女书记说一口绍兴腔的普通话,有了这一点乡音,"官腔里就有了一点人之常情似的"。她还要让阿陈从女书记干部服的空旷的衣领处,看到她的细瘦后颈,女书记原来也是一个家常女子,甚至还是柔弱一派的,柔弱让那点官派显得像是硬撑出来的,叫人越发怜惜。如果想到女书记与茹志鹃都是绍兴人,都打过鲁南战役,都嗜好烟草,就不难认定王安忆把生命来源处某些最美好的东西赋予了女书记,于是,女书记和她的事业的意义就不会被"后见之明"勾销,他们突破概念、判断的围困,在小说中舒展开来。这种非概念的还原法,就像是王安忆在整理母亲的日记,从自己 1999 年的现在进行时切换进母亲 1952 年的现在进行时,一种纸面上的永远不会成为过去式的进行时。在母亲的1952年一页页、一天天行进中的她不禁感叹:"那是个怎样的年代啊!生活,人,还有我的妈妈,都那么年轻,热情,积极,努力,满怀信心,开头开得那么好,前边怎么可能不好呢?"①——前边已经发生的种种不好当然可以逆推出开头的不好,要呈现开头确实存在过的好,就必须进行非概念的还原。全书最理想的人物当属"弟弟"了,她把他跟最帅的朱朱做一番比较之后辩证出一种轩朗开阔的美:"朱朱的漂亮是潘安式的,多少有点媚态,'弟弟'呢,属'三国'里赵云一派。"冰心回忆,在巴金做东的酒席上,茹志鹃又抽烟又喝酒又大说大笑,"真有一股英气"。②茹志鹃的"英气"与"弟弟"的轩朗开阔之美都是一种由共产主义理想孕生的"感情的至尊"——"清丽的精神"③。对于此种美好的服膺,再清楚不过地标志出王安忆的红色血缘:"可能我是共和国的人,喜欢那种朗朗乾坤的东西……"④身处暗淡的后革命时代,红色血缘里潜藏着的"清丽的精神"对于王安忆拥有不可抵抗的诱惑力。她当然知道这种精神的不合

---

① 王安忆:《翻身的日子》,《茹志鹃日记(1947—1965)》,王安忆整理,大象出版社2006年版,第70页。
② 冰心:《入世才人粲若花》,《冰心散文全编》(下编),傅光明、许正林编,浙江文艺出版社1995年版,第405页。
③ 王安忆:《成长》,《茹志鹃日记(1947—1965)》,王安忆整理,大象出版社2006年版,第26页。
④ 王安忆:《改编〈金锁记〉》,《小说课堂》,人民文学出版社2018年版,第260页。

时宜，明白它范围上的狭窄和实践中的庸俗化危险，所以，她愿意把它抽象、泛化成一种结晶体一样纯粹、透亮的精神。其实，把革命理想命名为"清丽的精神"就已经是抽象、泛化了，抽象、泛化了的"清丽的精神"大致可以等同于陈映真的"左翼"情怀。多么动人的左翼情怀啊，对于现实主义者王安忆，它就是"乌托邦诗篇"："我与他的区别在于：我承认世界本来是什么样的，而他却只承认世界应该是什么样的。我以顺应的态度认识世界，创造这个世界的一个摹本，而他以抗拒的态度改造世界，想要创造一个新天地。"始终眺望着"清丽的精神"与"乌托邦诗篇"，王安忆对她的人物怎么可能不善意、不理解？

有趣的是，"朗"不是革命者所独有，被革命洪流推开的人们也自有其"朗"。比如，斑驳树影下，对着校长，阿陈又看见熟悉的眼睛从更深远处"亮"出来，他想到"弟弟"，他们又像又不像，他们有同样的品质，"弟弟"是袒露的，校长则是藏匿的。这里的"同样的品质"，就是"朗"，或叫"亮"，它是人生的底色，不管在革命还是居家：没有"朗"潜隐其中，污泥浊水般的居家日子如何过得下去，没有革命之"朗"来激浊扬清，滞重的历史又怎样朝前推进？王安忆还要进一步把革命之"朗"日常生活化。女书记说，鲁南突围，她在敌人尸体上爬来爬去，翻口袋，找香烟，骆驼牌。阿陈觉得恐怖、震惊，还有一种折服，却又无端想到冉太太站在外滩的夹弄里，手托银烟盒子抽烟。有此联想，当然不只是因为同样在抽烟，更因为冉太太亦是一个"朗"到令人折服的人物。当年大虞落难下放,朱朱嗫嚅,冉太太却决然设宴践行,此一"侠义"之举让阿陈觉得,这些年朱朱变得乖顺,以为是惧内,其实呢,"多少有折服的成分"。"朗"原来源于"义",一种"多思而后行,行而不悔,方才为知遇"的"义"。就这样,民间的"义"与革命的"朗"连通了起来,"义"是"朗"的根源,"朗"又反过来照亮了"义",被照亮的"义"才是多变的世道里一个不变的恒常。"义"多么坚忍和浩瀚啊,它还能均衡"朗"不可避免的偏执,就像抄家时,烧饭女人在天井里大喊一声,爷叔,大扫除啊,红卫兵冲她喊,什么成分,女人"昂然"作答,穷人。场面多少有点滑稽,但这个无知的女人照样可以是"昂然"的,是"义"的,给张皇的阿陈以极大的慰藉。阿陈要给冉太太下一个定义,忠诚、坚强、情深,都不完全是,终于想到一个妥帖的字,"义",他对她的相思,实则就是对"义"的渴慕。渴慕于"义"的阿陈当然是纯良的。阿陈心里生出一个念头:"他这一生,总是遇到纯良的人,不让他变坏。"其实,他遇到的人怎么可能都是纯良的,是因为他自己的纯良,才会看出每一个人的纯良,他又从他所看到的纯良中汲取到力量,让自己一直纯良下去,他不会变坏的,他葆有一颗"赤子的心"。所以,《考工记》是一本纯良的书,一本不让世道和读者变坏的书。

王安忆从不讳言自己的世俗:"我喜欢人世的热闹,中国古画的山水总是有寂寞之感,水墨亦是虚无,所以倾向写实的西画。"① 世俗的王安忆乐此不疲地写着人与人的关系，骨子里却不太能接受人与人的关系里必然存在的森然和晦暗，世界只有剔除了森然和晦暗，逼出潜隐着的"义"和纯良，就像食物升华为食物清单，才能成为她惬意的居所——她写的是小说，却想从小说里开出诗篇来；她处理的是最芜杂、错乱的人事，却要在人事中萃取出原初的单纯；她知道自己多多少少是有些虚无的，因为虚无主义是写作者的职业病，却意欲于虚无的纸面上建构出一个颠扑不破的实有。正是在此意义上，她说自己是乐观的："小说家其实都是乐观主义者，对人世是有热望的，否则不会去做小说，所以，人间常态在我们看来，是风趣盎然的。"② 她更直接肯定生命的价值。她回忆一次面试，一个报考临床医学的女生说安乐死是一种"奇怪的人道主义"，她问，是因为关系到亲人的感情吗，女生说，"生命本身就有价值"。她希望学校不要错过这样的考生。③ 这一份乐观和肯定，在她与张爱玲之间划下一道鸿沟，她有理由否认张爱玲对自己的影响："……我和她的世界观不一样，张爱玲是冷眼看世界，我是热眼看世界。"④

也许有人会指摘纯良和"义"的乌托邦属性，质疑这种剔

---

① 王安忆：《朝圣》，《成长初始革命年》，译林出版社2019年版，第237页。
② 王安忆：《小说的创作》，《小说课堂》，人民文学出版社2018年版，第296页。
③ 王安忆：《教育的意义——二〇一二年复旦大学研究生院毕业典礼发言》，《成长初始革命年》，译林出版社2019年版，第155页。
④ 王安忆：《张爱玲之于我》，《书城》2010年第2期。

洞穴与后窗

除了根本剔除不掉的森然和晦暗的乐观是不是清浅了些,不过,指摘、质疑恰恰可以把我们带入王安忆更深层的辩证。阿陈给冉太太写回信,整篇都是"很好",他怎么就好了呢?但越是怕收信人担心,就越要说好,"很好"其实是大写的不好;冉太太又有回信到,一切都是"尚可"。生活数年如一日地安稳,能好到哪里去?但安稳之于不安稳的人不就是"很好"?"很好"和"尚可"的辩证标示出王安忆拿捏世情的精微,她还是世俗甚至世故的。世故的她太清楚一味乐观大概只会走向困窘,了然于阿陈对冉太太的薄情也许只是出于他的重情,重情到生怕把手里攥着的够他一生细细体会的情触散。以薄情为重情,使得她的热眼看起来不过是冷眼。王安忆也许可以思考的是,她的热眼似冷眼,张爱玲的冷眼为什么不能也作如是观?《小团圆》里的九莉想,她不做坏事,要下油锅的,也不要太好,跳出了轮回,"她要无穷无尽一次次投胎,过各种各样的生活"。看穿了世事,作冷眼,但看得再穿,也还要卷入轮回,把无穷无尽的世事都过上一遭,张爱玲对世界真是爱之不尽。这不也是热眼,一种作为冷眼的热眼?

错置的"崇高的对象"与现世的幽灵
——解读导演曹保平的一种方法

《人物》杂志专访曹保平导演时,写下这样一段"按语":"在中国导演的序列里,曹保平是一个略显特殊的存在。他属于第六代,但又对剧情片有着天然的迷恋,他站在自我表达与商品之间的灰处,承受着一位中间派的宿命。"①不经意的一个"但"字,准确揭示出曹保平的独异和尴尬:作为王小帅、娄烨、张元、路学长这些"第六代"导演的北京电影学院1985级同学,曹保平理应同样的自我和理想主义,但他竟"自甘堕落"地迷恋于故事;不过,毕竟属于"第六代",他就算再喜欢故事,也还是要跟那些商业片导演区隔开来的,而把他和他们区隔开来的根本质素,还是"第六代"骨子里的强烈的自我表达冲动。这样一来,站在故事与

---

① 卢美慧、赖佑萱、闫坤沐:《曹保平站在中间地带》,《人物》2019年第2期。

自我的"中间地带"的曹保平就不会征用太过通俗的故事套路，因为通俗套路是大众情感的最大公约数，里面不可能找得到"我"；也不会像管虎的《老炮儿》《八佰》那样乞灵于具体的历史语境，因为历史语境太锐利、太坚硬，拒绝不管什么"我"的强行契入。他的故事注定要被自我表达的冲动所不断地"增补"，成为一种作为自我表达的故事。这样的故事最终不是通往看故事的人，而是讲故事的人，或者说，讲故事的人讲故事的动机不在于取悦看故事的人，而是要说服、同化他们，让他们在看故事的短时段里，成为他的俘虏、共谋。接下来的问题就是，作为曹保平的自我表达的故事是什么样的，有哪些共性？如果能把这些共性弄清楚，大概也就可以打开曹保平的那个"我"了。

曹保平的影像世界里，司机不像司机，学生不像学生，罪犯不像罪犯，他们被嵌在自己的身份里，眼睛却朝向空雾中失神地凝望，凝望这一动作又把他们拽出他们的身份。于是，他们既在又不在自己的身份中，他们是自己的陌生人，他们从根子上就开裂了。比如，《李米的猜想》中的李米是一个出租车司机，但她开出租的目的并不在于挣一份口粮，而是方便她逢人就问谁见过她的方文，方文才是她的口粮，离开方文和方文的讯息，她一天也过不下去的。方文呢？他不再叫方文，而是毒贩马冰，但他成为毒贩马冰的动力是因为他一定要完成方文的一个家常梦想，正是这一家常的梦想把毒贩马冰拉扯得魂不守舍、心力交瘁，毒贩马冰看起来有多心如止水，他的内心就有多翻江倒海。也如,《狗十三》里的李玩是一个初中生,作为初中生的她泡吧、轧马路,糟糕时在英语演讲中磕磕绊绊到中途退场,高光时又能玩儿似的就拿了物理竞赛第一名,她实在是初中生世界的业余者、局外人。她真正的主业则是一定要找回她的真、假"爱因斯坦",以此对抗这个妥协、圆滑的成人社会,哪怕因此摔伤了爷爷、差点弄丢了奶奶,也在所不惜。还如,《烈日灼心》所说的三个罪犯哪里是什么罪犯,他们只是要做安分守己,偶尔路见不平就吼一声的协警、出租车司机和渔排工,更要做心爱的尾巴的爸爸,最温暖、最家常的爸爸。作为爸爸的罪犯,一种多么古怪、撕裂的身份,他们该如何弥合又怎么可能弥合这一无望的撕裂?撕裂,处处都是撕裂,撕裂开的伤口正是曹保平所钟爱的绝境,"绝境中更容易看清人性的灰处,也能创造最大的戏剧张力,它能最大限度地将人性撕扯开来"。而撕裂所导致的紧张也就是曹保平孜孜以求的"好看"。他说,"我一直比较喜欢那种有强烈冲突、有张力、好看的故事",还说,"先要好看,其次才是态度和思想……"①

需要说明的是,他们的撕裂不是由外物的击打所导致,就像林冲的"逼上梁山"和骆驼祥子的"三起三落",而是出于一种自我摧毁的冲动,他们就是要生生撕裂自己按部就班的日

---

① 曹保平、黄式宪、尹鸿、苏小卫、檀秋文:《李米的猜想》,《当代电影》2008年第11期。

子,他们只能安妥于绝对的不安妥。巴塔耶认为,世俗世界因为计算和合理性而超越动物世界,神圣世界又因为"耗费"而超越世俗世界,从动物世界到神圣世界,构成了一个否定之否定的上升螺旋。曹保平的主人公就是"耗费"的,他们就像是一条条射线,躯体是他们的起点,心如同一颗颗出膛的子弹,朝向永不可及的对象义无反顾地弹射出去。心被弹射出去,自身就空了,空了的他们当然是失魂落魄的,但是,他们恰恰因此赢得了"至尊性",他们浑身浴于神圣的光辉之中。有人会追问:对象永不可及,为什么还要把一颗赤心朝向他/她射去?他们却觉得这样的追问不值一哂,因为"为什么"考量的只是世俗世界里的明智,而神圣世界根本不管可不可能、值不值得,甚至越是不可能、越是不值得就越是要把自己弹射出去。朝向永不可及的对象弹射,这就是神圣之爱,神圣之爱就是要让自己消亡在子弹所射向的茫茫无涯的那一端。所以,不要问毒贩马冰放弃和李米厮守,用生命为她换取安妥的生活是否值得,不能设想用生命换来的安妥也许并不安妥,她的安妥原本是建立在他的一根汗毛都不能被伤害的基础之上的;也不要问三个罪犯怎么会良心发现,宁愿舍弃自己的生命也要给尾巴一个干净的未来,也不能设想离开了三个爸爸尾巴也许根本不可能获得干净的未来,而且干净的未来也并不比三条性命来得沉重。问、设想,就是计算,就是亵渎,就是把神圣之物拉回到世俗世界。不要问、不能设想的神圣之爱是曹保平在电影中设置的根本驱力,是他在激烈的情节中催眠一般说出的属于他一个人的"恋人絮语"。①

拒绝明智的神圣之爱是一种执迷不悟，执迷不悟是因为，在爱者心中，被爱者绝对地高大于爱者，爱者心甘情愿地被被爱者吸引、消融。这样的被爱者是一种"崇高的对象"，崇高可能是客观的存在，更可能出自爱者一厢情愿的想象——在卑微的爱者的想象中，爱者与被爱者的距离被令人绝望地延长，以至于永不可及，在永不可及的另一头，被爱者愈益高大起来。李玩对于真、假"爱因斯坦"的爱存在巨大的差异，差异又被她有意无意地抹平，此一现象正可以说明"崇高的对象"的想象性、建构性。真"爱因斯坦"是李玩在父母离异后的陪伴，她对它的爱是她对父母之爱的空缺的填充，这一填充物崇高到不可以缺失，缺失了就不再可能弥补，于是，她无论如何都要找回她的"爱因斯坦"。当一定要找回"爱因斯坦"的执迷触痛了成人社会，成人社会硬塞给她一个假"爱因斯坦"时，她本能地拒绝，因为她的"爱因斯坦"无可替代。但是，她的拒绝让她无法生存于成人社会，她不得不接受假"爱因斯坦"，并慢慢承认它就是真"爱因斯坦"。承认是她与成人世界言和的一种方式。有趣的是，要承认假"爱因斯坦"就是真"爱因斯坦"，她对

---

① 曹保平说："我的想法可能多一点，希望在剧情片中承载一些个人的表达。"见《〈烈日灼心〉四人谈》，曹保平、吴冠平、罗攀、娄磐，《北京电影学院学报》2015 年第 3—4 期。我认为，导演曹保平最个人的表达，正是要用影像去呈现神圣之爱。

假的就必须付出对真的一样多的爱，两份爱的平等由两只狗丧失时她同样剧烈的创痛揭示得格外分明。爱的平等正可以说明假的也可以建构成真的，当弄假成真的时候，真的坚实性、唯一性就被解构了，作为"崇高的对象"的真"爱因斯坦"原来是被建构出来的。"崇高的对象"既是被建构出来的，就有可能出现错置，对于"崇高的对象"的爱如果还是整部电影的驱力的话，我们就有必要计算一下它的可信度，因为可信度是说服我们认可这份神圣之爱从而让观看得以进行下去的前提，虽然我们都知道，神圣之爱是不可计算的。至此，曹保平捉襟见肘的地方就暴露无遗了，因为上文所说的那些不要问是必须问的，不能设想是一定要设想的。

心向"崇高的对象"弹射而去，心与身体就不可避免地分离开来，心成了"没有身体的器官"，身体成了失去灵魂的肉块。中国人历来擅长讲述"离魂记"，《倩女离魂》和《聊斋志异·阿宝》就是典范。所不同的是，曹保平的人物的身心分离不是一个过程、手段，不以最终的合体为旨归，而是心甘情愿地分离开来、游荡下去，身心永分的人们是现世的幽灵。这里的幽灵有多层含义。

首先，他们就是安提戈涅那样的"死活人"、亚里士多德所说的"无分之人"，他们活在这个世界上，却不被这个世界所承认，他们不属于任何一个共同体，只能蜷缩在一个个人迹罕至的角落，等待自己的生物学死亡。"无分之人"的绝望境遇的最酷烈呈现，就是阿道被歹徒砍了一刀，却不敢进医院，

错置的"崇高的对象"与现世的幽灵

因为医院收治的是病"人",而"无分之人"只能躲进出租屋,自己给自己缝上伤口。"无分之人"被世界所排斥,他们也关上了世界通往自己的门,世人不单看不透他们的心,连他们的身体都看不清,就像李米明明对着方文大喊"方文",但所有人都在告诉她,她认错了,他是马冰。关门的具象化,就是小丰用烟屁股烫自己的指纹。一个没有指纹的男人,不是幽灵,是什么?

其次,他们必须陆续走向死亡,死之暗夜才是幽灵的栖居。于是,方文/马冰纵身飞下天桥,小丰、阿道被注射死刑,《追凶者也》里的杀手董小凤也被警察一枪爆头,就连《光荣的愤怒》中的支书叶光荣也必须被打死过去才能又活过来。只有《狗十三》好像是一个例外,李玩最终与一家人融洽地生活在一起。不过,李玩脸上挂着的温和、节制的微笑,宣判了从前那个执迷不悟的李玩的死亡,作为幽灵的李玩只有走向自己的终结,作为常人的李玩才能诞生。就这样,死亡成了曹保平绕不开的情结,他一定要把他的人物推向死亡,只有死亡才能收纳这些游荡着的现世的幽灵。对死亡真是执迷啊(他也是一个现世的幽灵?),以至于在方文/马冰正式死亡之前,他还要安排一个流浪诗人预演跳桥,流浪诗人之死不是对于方文/马冰之死的解构,而是一种铺垫,一次衬托,就在滑稽的死亡的引领之下,悲剧的死亡登场了——曹保平改写了历史经常重演,第一次是悲剧、第二次则是闹剧的定论。他更要大说特说小丰和阿道的死刑,把镜头推向他们抽搐的面部肌肉、苍白的嘴唇、最

洞穴与后窗

终未能完全闭合的眼睑,记录下他们最后一声沉重的喘息。① 就连那个被俯视的行刑室本身也是死亡的另一种表达,因为死亡无非意味着把自己完全敞向黑暗和未知。巴塔耶讨论过神圣世界里的死亡。他说,超越世俗世界的神圣形式是二元的,"这些形式必须分布在对立的两个阶层之中,即纯洁的事物和污秽的事物之中"②,前一种神圣性通过启示和信仰来完成,驱力是死亡,后一种神圣性被欲望所统治,驱力是色情。走向死亡,原来就是走向干净、圣洁,就像走向冈仁波齐之巅,死者由此跃居于神圣世界,他们实现了自身的连续性,他们是整全的。意味深长的是,神圣者辛小丰同时也是强奸犯,这一诡异的设计标明曹保平意识到神圣还存在另一种形式,两种形式之间保持着相斥、相吸的张力。但他无力处理这个太暴烈、纠缠的主题,径直把小丰刻画成一滴最无辜的泪水,强奸只是小丰脑海中早已被镇压的一闪念——他真的强奸过那个女人?

对于幽灵,死,就是回家,就是一劳永逸的圆满。齐泽克说,一个人会死两次,一次是真实(生物学)死亡,一次是符号性死亡,"结账"。③ 在齐泽克那里,符号性死亡是"结账",

---

① 太痴迷于死亡,曹保平就要求这场行刑戏必须是以假乱真的,甚至就是一次死亡的提前莅临,以至于拍完这场戏,大家都哭了。执行导演边哭边对着辛小丰的扮演者邓超说:"超哥!我以为你死了呢!"邓超也跟曹保平抱着一起哭,嘴里不断喃喃:"小丰太不容易了……"见《曹保平站在中间地带》。

② 【法】巴塔耶:《法西斯主义的心理结构》,《色情、耗费与普遍经济:巴塔耶文选》,胡继华译、汪民安编,吉林大学出版社2003年版,第53页。

③ 【斯洛文尼亚】齐泽克:《意识形态的崇高客体》,季广茂译,中央编译出版社2002年版,第186页。

而"无分之人"早就遭逢了符号性死亡,他们一直既战栗又痴痴地等待着自己的真实死亡,从而给自己"结账"——结了账,才算是死透了,而死透才是最终的安妥。如此一来,曹保平的幽灵们怎么可能不从容赴死?

最后,诡异的是,死透了的人们必将再一次归来,以幽灵的方式,超越形体的桎梏,全时空地凝视着、陪伴着自己的"崇高的对象",或者说,死才是不死,死的刹那正是重生的起点,重生的幽灵才能真正地"我心永恒"。《烈日灼心》的结尾,伊谷春带尾巴去海边度假,尾巴在前面奔跑、嬉戏,伊谷春跟在后面,慈爱地看着她。慈爱的目光是他的,更是三个死去的爸爸的,幽灵借着活人的眼光深情地打量、抚摸着他们亲爱的尾巴,又因为他们已经用死亡洗清了罪孽,打量和抚摸来得如此坦荡,没有一丁点的犹疑和躲闪。曹保平还要把镜头拉高、拉远,把整个天地都收入镜头,于是,整个天地都是三个爸爸的目光,他们的目光聚焦于尾巴那个小小又大大的身影。更精彩的死者复归是《李米的猜想》的结尾。毒贩马冰以纵身一跃的方式做回方文,那个深爱着李米、李米也深爱着他的方文。方文留给李米一笔干净的钱和几盒录影带,钱是他对她的承诺,录影带则是对她四年的守望、陪伴,他从来没有离开过她,他怎么可能离开她一分一秒。录影带是双重的幽灵化(德里达早就指出,音频、视频、互联网等都是"鬼魅之物",它们并非在场,也并非缺席,它们是"不在之在")。其一,死去的他在录影带中复活了,复活了的他对她倾吐着他的思念、他的嘱托，作为幽灵的他不再有死亡，他这才是她的永恒。其二，她看着录影带中自己四年来的生活点滴，她在发呆、看信、晾晒、开车、内急，她笑了，笑出了幸福的泪水。幸福不是因为逝去的片段被他记录下来，而是因为她在用他的眼睛观看着自己，他对自己的观看在自己观看自己的影像的此时此刻复活了。观看的重叠是两个分离了四年的恋人的最无上的交融，她感觉到了他的深情、他的渴望。可以设想，她的泪水既是心理的，也是生理的，更是心理、生理纠缠在一起的；还可以设想，这样的巅峰体验在她每一次打开录影带的时刻就会再降临一次，他生是她的人，死是她的幽灵，一个再也不死的幽灵。

幽灵之爱，正是导演曹保平的影像世界里最迷人的所在。

从系在扣子上的魂到情感的"孤儿院"
——论《陆犯焉识》与《芳华》的文本旅行

作为华语世界的山鲁佐德,严歌苓(她那么勤奋、高产,好像每夜都能编织一个新故事,她的故事又是如此引人入胜,使人忘却了杀戮和忧愁,虽然这些故事所说的无非就是杀戮和忧愁)理所当然地受到影视圈的青睐,根据她的小说改编成的电影周期性地引爆舆论,她也随之被过度曝光成公众人物。不过,在从文字到影像的文本旅行中,她的小说往往经历了致命的"损耗",比如《归来》把《陆犯焉识》中陆焉识有首有尾、有起有伏的漫长一生不由分说地删繁就简成两次"归来";又不得不接受一些太过突兀的"增殖",比如张艺谋没有让陆焉识带着冯婉瑜(小说作婉喻)的骨灰回到大草漠,而是让他每逢五号陪着她的肉身去车站等待一个永远悬欠的到来。"损耗"当然有篇幅、禁忌、趣味等方面的原因,但必得"损耗"到伤筋动骨的程度,说明严歌苓小说的"核"吸引并灼伤了导演,他们只能以"损耗"的方式象征性地占有其实是错失了它们。"增殖"则多半是导演朝小说的腔子里填充电影香料,他们知道,没有这些香料,电影就不那么电影了。①这些"损耗"与"增殖"如果存在一些重要的甚至是本质上的共性的话,我们大概就能从中窥见严歌苓创作的核心秘密以及电影迥异于小说的体裁特征(起码是这些导演对于电影体裁的自觉或者不自觉的认知)。

本文的讨论主要集中于《陆犯焉识》与《芳华》的文本旅行。

一、"耗费"与"弱者"为神

严歌苓说:"我认为《陆犯焉识》这部小说包括了好几个故事,我自己最喜欢的是监狱中犯人和劳教干部的关系,以及陆焉识看电影那个故事。"②这段自道含义颇丰,试为剖析如下。这部四十万字的长篇小说精彩、繁复如一幅"百蝶图",任一只蝴蝶的翔舞都震颤出一整个世界,严歌苓却偏偏喜欢监狱里的那几只,这一偏爱标明她理想的小说环境是一种类似于监狱的极致境遇。这样的境遇里有规训与反抗,有禁忌与越轨,

---

① 面对从《陆犯焉识》到《归来》所产生的巨大"损耗",严歌苓表示:"《归来》选择的呈现方式和形态,可能是用电影的载体来反映原小说最好的方式。我想如果你要做流水账,按照小说那样展现会流失更多,可能每一步都讲不清楚,每一笔都是匆匆带过。"这一盛赞/辩护,既是她维护抑或屈服于电影创作的导演中心制的自觉,也是她了然于从小说到电影的文本旅行中必定会发生哪些"损耗"的无奈。(《从故事、小说到电影——严歌苓访谈》,严歌苓、果尔,《电影艺术》2014年第4期)

② 严歌苓、木叶:《故事多发的年代》,《上海文化》2015年第1期。

有墙如大山般矗立,更有哪怕撞得鲜血淋漓也要狠狠地向墙撞去,说不定就能撞出一小块缺口从而吹到一缕新鲜的风的桀骜的头颅,就是没有一丝半毫日常生活的逻辑以及这一逻辑必有的琐屑和体臭。"有问题的人"的"问题"正是被"撞墙"这一决绝的行动凸显的,如果没有墙,"问题"就包裹着、沉睡着,他们无非是一些常人。或者说,哪个常人没有"问题",常人只是没有被抛入极致境遇,被墙撞开或者被墙上的荆棘刺穿潜藏于他们体内的"问题"而已。从这个意义上说,常人都是携带着"问题"前行的。严歌苓说《扶桑》:"谁都弄不清自己的人格中容纳了多少未知的素质——秘密的素质,不到特定环境它不会苏醒,一跃而现于人的行为表层。"① 正因为痴迷于人物的"秘密的素质"(不就是"问题"以及"问题"被划开之后的疼?),她就必须为他们寻找和创造出"特定环境"来,这样的"特定环境"只能是一些超日常、反日常的极致境遇。在极致境遇中凸显并刺穿"问题",就像从黑暗中打出火来,一定是骤然的,它的节奏就是"咔嚓"一声撞击,所以,严歌苓最好的小说都是短的,比如《天浴》。《陆犯焉识》太长了,打了无数次火,后面打的火成了第一次——看电影上的女儿——的回响,杂沓的回响。

《陆犯焉识》打的第二次火与第一次是断裂的,从无论如

---

① 严歌苓:《主流与边缘——写在长篇小说〈扶桑〉获奖之后》,《波西米亚楼》,当代世界出版社2001年版,第161页。

洞穴与后窗

何都要看女儿怎么都过渡不到不管怎样一定要看妻子的,它们都太紧张、饱满,留不出一点缝隙做衔接,它们原本可以成为两个跋扈的故事的。不过,正是第二次打火点亮了张艺谋。一个重刑犯从西北逃回上海,只是为了看一眼妻子,此一极致境遇穿透了这个逃犯的深重的"问题":"婉喻是他生命中最软弱的一部分,就像这被磨掉了皮的嫩肉。"有理由认定,陆焉识此次"归来"的灵感源出于杨显惠纪实小说集《夹边沟记事》里的《李祥年的爱情故事》。① 但是,由纪实而虚构的提炼过程中,严歌苓做出重大改写:李祥年与爱人相见,因自惭而流浪,后被公安抓捕;陆焉识看到(他以为她没有看到他,所以绝不是相见)妻子,却不忍打破她的平静,向公安自首。豁出命逃了出去,怎么可以不相见?相见后越发知道不能厮守,只能流浪以苟全性命,这是实生活的逻辑。严歌苓的逻辑却是,真实的拥抱是残缺的、破坏性的,看到并转身离去才是最整全、最销魂的拥抱,这样的拥抱甚至能够跨越生死,就算他挨了枪

---

① 严歌苓说,她把祖父(严恩春,留美政治经济学博士,1937年自杀)和一位在青海服刑二十八年的老人糅合成陆焉识,"写一代中国知识分子的命运和诉求"。在搜集素材的过程中,她拜访过杨显惠,听他讲夹边沟的故事。见《从故事、小说到电影——严歌苓访谈》和《故事多发的年代》。《陆犯焉识》的许多细节与《夹边沟记事》如出一辙,比如吃人肉,生吃麦种或者青稞时用嘴这个"微型磨坊"脱粒的一整套程序,吃排泄、呕吐物中未消化的粮食,由此"搞乱人和畜、生和死、摄取和排泄的关系",不一而足。这样的雷同,一来是因为那个时代农场里的骇人行径大抵相似,二来应该是严歌苓从《夹边沟记事》中撷取了一些素材。撷取素材说如果成立的话,从李祥年不顾一切地逃回去看一眼他的淑敏(纪实)到陆焉识"归来"(虚构)的借鉴并提炼的脉络就是清晰的了。而且,陆焉识是劳改犯,李祥年则是《夹边沟记事》中唯一由劳教"升级"为劳改的人,这也应该不是巧合。

子儿，非物质的他照样分享、参与着她的日子，这才是树缠藤、藤缠树的终极缠绕。这样的他当然可以坦然自首，因为无论他身在何处（诡异的是，只要不和她在一起），灵魂都和她厮守在一起——终极厮守只能是属灵的厮守。① 如此一来，我们便能理解她为什么必须在他即将"归来"之际失忆，因为"归来"这一行动把两具肉身捆绑在一处，太"腻滞"了，必将杀死终极厮守，失忆的眼神朝向空雾里幸福地凝望，才是终极厮守唯一贴切的姿态。现实生活里，度尽劫波的他却是要跟她没日没夜地做爱的，好像非要把延宕了十九年的爱全部做回来，就像《霍乱时期的爱情》结尾处阿里萨和费尔米纳的疯狂性爱。不过，马尔克斯笔下的疯狂性爱就是那艘永不靠岸的船，现实生活里却是连性爱都不会彻底的，该靠岸时船就得靠岸，因为她早有了她的丈夫和儿子，靠了岸还可以一再启航嘛，他说："后来她又借口旅游和学术交流来过两次，每次都是发电报叫我在兰州等她……"现实生活的爱情就处于这种既灵且肉所以不得飞升亦无法酣畅的暧昧状态，这样的状态被纪实小说有一说一地呈现出来，却是严歌苓和她的小说诗学所深恶痛绝的，她一定要让她的人物绝对地失去，从而终极地拥有。至此，我有理由推测：严歌苓以极致境遇逼迫出来的境界是至灵、唯灵的，

---

① 婉喻深藏着一句对儿女说不出口的、颇能说明终极厮守的属灵本质的话："我爱你们的父亲爱得太深，他在不在我身边都没关系，不妨碍我爱他，并且你们的父亲也同样爱我，我在不在他身边，对他也一样……"

灵对于肉的绝对优先性是她小说的盐中之盐。

这一推测看起来并不周延，因为《芳华》里的刘峰哪里至灵、唯灵了，他这具偶像不正是因为一记探向林丁丁内衣的似有若无的"触摸"而瞬间坍塌的么？让我从《芳华》所设置的情境说起。故事开始于"文革"后期，绝对禁忌桎梏着每一个人，不过，故事又是发生在省军区文工团的，一大群"矫健稚嫩的大牲口"麇集在一起，他们一举手、一投足就是明媚的春光，就是嚣张的荷尔蒙，荷尔蒙狂潮持续冲刷向绝对禁忌，于是，这里注定是一个最酷烈也最妖娆、最窒息也最汹涌的极致情境，这样的情境怂恿并摧毁它的每一个子民。具体到刘峰，如果没有绝对禁忌如剑高悬，"触摸"事件就连被人们谈论一秒钟的可能性都没有，他顶多是一个口碑还算不错却不会给人们留下多少印象的老好人，更不可能有资格成为一个"有问题的人"。他被极致情境激发出来的"问题"在于，他被绝对禁忌的时代架上了大理石基座，成为"雷又锋"，成为圣徒（圣徒之"圣"就是剪除自身欲望的狠，用叙事人的话说，就是"做雷锋当然光荣神圣，但是份苦差，一种受戒，还是一种'阉割'……"），这个圣徒却又明明是一个被荷尔蒙激荡得失魂落魄的雄性，他既沉着又心痒难熬地等待着林丁丁入党，然后一把搂过她的细嫩得好像是"刚剥出壳的煮鸭蛋，蛋白还没完全煮结实"的身体。这个"问题"设置得实在促狭、刁钻，因为他竟是一具作为雕像（冷的）的肉身（热的），一个痴迷、饥渴于娜斯塔霞的身体的"白痴"梅什金公爵，或者说，他应该是一副扁平的圣徒像的，却鬼使神差地听从荷尔蒙的嗾使，向第三维既谨慎又嚣张地勃起了他的阳具。不过，"触摸"是终点，在她大喊"救命"的刹那，他的求死渴望就已萌生，他活着，其实已经死了；更是起点，因为这是一个刚启动就被喝止的动作，它的肉性被它令人绝望的未完成性删除，它将作为他与她之间属灵的关联，永远地烙在他之后的生命里。叙事人说："会爱的刘峰，只在他想起他的小林，梦见他的小林的时候才复活一下。"想起或者梦见一下她就能复活一次的会爱的他其实是永生的，永生的起点就是那一记"那么销魂，那么该死，那么值得为之一死"的"触摸"。怎么可以设想这一记"触摸"假如成功了，就像阿Q在小尼姑脸上蹭出一点"滑腻"？[1]这样的设想太秽亵、太恐怖了，他朝质问他是否是要解开她的乳罩纽襻的保卫干事怒吼一声："没有你那么下流！"只有一记与"下流"以及引发"下流"的肉性彻底绝缘的夏夜里的"触摸"才能成为他"一生的全部情史"，也只有这样的"触摸"才能把她点化成他的绝对的唯一性和不可复制性。其后，他跟前妻、小惠做爱，这些性爱只是要保证他对她的无性之爱的纯粹性，他和她

---

[1] 阿Q是属肉的，他一定要"触摸"到小尼姑，还因为"触摸"后大拇指与第二指之间有点古怪的"滑腻"——"不知道是小尼姑的脸上有一点滑腻的东西粘在他指上，还是他的指头在小尼姑脸上磨得滑腻了？"——而兴奋得辗转难眠，并由此激发出要跟吴妈"困觉"的冲动。而严歌苓明确交代过致环境如何"压制"出刘峰之爱的纯灵属性的一整套机制："他追求得很苦，就苦在这压制上。压制同时提纯，最终提纯成心灵的，最终他对林丁丁发出的那一记触摸，是灵魂驱动了肢体，肢体不过是完成了灵魂的一个动作。"

洞穴与后窗

们越癫狂，他和她就越纯粹。他真是严歌苓属灵之爱的谱系里的一个"旷世情种"。

别忘了，《芳华》发生了两起"触摸"事件，一起摧毁或者说重生了刘峰，另一起则让何小曼（电影作小萍）爱上了刘峰。那是一个酷暑的午后，一群男人嫌她馊、臭，他从队列中走出，把满是热汗的手坚实地搭在她的腰上，等待杨老师发出"开始"的指令。由于四岁那年生父的"自绝于人民"导致她生命的绝对的"无"，她才会不顾羞耻地、坚决地要，她要当文艺兵，要做悲情英雄，要朝胸部塞海绵撑出一个小郝一样的饱满"天体"，她一定要由此要出一个大大的"有"来。"有"与"无"之间剧烈的对峙正是她的"问题"之所在，有"问题"的她的一言一行都是极致的，就像她那件毛衣的黑色，一种"把一切色彩推向极致"的颜色。不过，由于绝对之"无"的不可填补性，她的"有"处处显得虚弱和歇斯底里，她没有重心，随时会倒的，直至他的"触摸"把她稳稳地托住。所以，"触摸"之于她，是支点，是对于绝对之"无"的填补，是从虚弱和歇斯底里渡向安稳的舟楫，她终于笃实地"有"了，以被他终极占有的方式"有"了。终极占有是疼，是怜惜，后来又是依靠，却绝不是交媾，通往终极占有的那一记"触摸"也一样不沾染一丁点情欲，因为只有非肉的"触摸"才能带给她一个令她一再回味的惊心动魄的瞬间："他的触碰是轻柔的，是抚慰的，是知道受伤者疼痛的，是借着公家触碰输送了私人同情的。"——情欲的"触摸"则是莽撞的、沉迷的、粗暴的，甚至带有毁灭的冲动。

不过,《芳华》结尾,他以烟消云散的方式被她珍藏,她反过来终极占有了他,他这才死是她的鬼。同样,婉喻用失忆冰封起一份永不朽坏的爱情,最终却作为一堆灰烬被陆焉识带到大草漠,可以设想,没有任何人会惊扰到他们,他终极地占有着她,直到天荒地老。如此说来,这两部小说讲的其实是同一个故事:死才是爱的完满,完满了的爱是终极的,不死的。更有趣的是,两位以自身的绝对虚无完满了爱情的死者都是严歌苓所钟爱的小人鱼式的"弱者",或者叫"输者"。她发表过一份"弱者的宣言":"少女小渔"(不就是小人鱼的化身?)有一种"输的甘愿","她的善良可以被人践踏,她对践踏者不是怨愤的,而是怜悯的,带一点无奈和嫌弃",她当然输了,输得一败涂地,但她终究是赢了,以人格完善的形式,以对伤害她的人怀有一份怜悯的形式,赢了。[1] 这份宣言犹有含混处,因为化作泡沫的小人鱼怎么就赢了?下面的说法也许要精准一些:"弱者"挣出输与赢、好与坏、有用与无用的目的论锁链,也就摆脱了有用性的奴役,他们就是天生对世界怀着一腔没名目的爱意,就是要向不管是善意还是恶意的人们"耗费"[2] 他

---

[1] 严歌苓:《弱者的宣言——写在影片〈少女小渔〉获奖之际》,《波西米亚楼》,当代世界出版社2001年版,第132页。
[2] 在《波西米亚楼》一文中,严歌苓这样追忆一位"耗费"的女性:"而珍妮的耗费和投入在我这里,绝对不是浪费,我透过偏见、遗憾,甚至同情,深深地记住了她。"见《波西米亚楼》,当代世界出版社2001年版,第25页。

们不竭（因为衰竭，所以不竭，就像淘井，越淘，水越丰沛，扶桑即是典型）的生命力，他们由此获得巴塔耶意义上的"至尊性"。他们才是神，就像什么屈辱、不幸都能包容的地母，也像被钉上十字架的基督。你看，婉喻之所以得到陆焉识的眷顾，竟在于恩娘对她的"怪虐"，恩娘越"怪虐"，她越楚楚动人。"怪虐"不单外铄，更是一种自敛、自卑乃至自戕，她需要用天长日久的付出／"耗费"把他供奉成一尊神，供奉神求的不是亲近，而是要让自己的卑微得到收纳并在收纳中一次次确认自己在他面前命定、恒定的卑微，可天长日久的供奉反过来又把她供奉成了他的一尊神，一尊令他心疼、心碎因而无比心醉、心荡神驰的神。而何小曼用几十年明白一桩事：她只能爱这个"善良过剩的男人"。"过剩"正是"耗费"的另一种表述，刘峰因"耗费"而"至尊"，他的无条件、非功利的好，他的淡泊和幽远，他那种什么都能接受，哪怕是即将来临的死亡的静静的微笑，令人想起那张被锥心的疼痛撕扯得变形，但依旧承受和悲悯的平静的脸。至此，我可以进一步总结：严歌苓用极致境遇逼迫出来的至灵、唯灵境界的主人公大都是"弱者"，"弱者"因其"耗费"而为神，作为"弱者"的神，正是她所设置的所有"问题"的元"问题"，是她在她的故事里系起来的无数扣子的原型。她深知，好故事就是要系上一个死扣子再拼命地解开它，越解不开就越精彩、越无望就越感人至深，好故事的核心是一个系在扣子上的魂。作为"弱者"的神，这个扣子系得真死啊。

二、单向的电影与被捕获的观众

严歌苓说,张艺谋从《陆犯焉识》中截取"归来"这个意象,将它"提纯"成一个多次复奏的旋律,"提纯到寓言那样简约"。她特别喜欢这一处理方式,因为这"是诗的处理,凝练的,隐喻的,而不是'讲故事'的处理。因此就那么一点儿事,每一个回合的感情都推到极致。"① 这段评论的信息量很大,试为阐释如下。原本是一幅"百蝶图",到了电影,就只剩"那么一点儿事",说明张艺谋感兴趣的只是"归来"这一意象本身所内蕴的张力,至于在那么酷烈的境遇里为何一根筋地就是要"归来"、如何九死一生地"归来"及其背后的"弱者"为神的动力机制则统统被删除——那个系死的扣子,被他剪了。大幅删减的后果,就是"归来"被"提纯"为一段旋律、一则寓言,而旋律和寓言都是去语境的,抽象的。比如,第一次"归来"虽有"红色娘子军"等不多的语境印记,但这些印记根本不足以把它点缀成一个具体的,只能发生于某一特定语境的事件,它被架空为"被阻止的爱"和"密室逃脱",可以发生于任意时空,在任意时空发生的那些"被阻止的爱"和"密室逃脱"都能以各自的具体性来丰润它。于是,它是扣人心弦的,因为它呼唤并冲击着你既有的阅读和观影经验,有了庞大的、类似于集体记忆(来自家庭、课堂、社会、阶层,总之是被赋

---

① 严歌苓、木叶:《故事多发的年代》,《上海文化》2015年第1期。

洞穴与后窗

予、被教化)[1]的经验做支撑,它的冲击直奔你的潜意识而来;又是干枯的,因为它是没来由的、抽象的,有待别的记忆来唤醒。最有说服力的例证,就是邓指这个阻止者、恶看守由祖峰饰演,祖峰出演过的李涯(《潜伏》)、赵士杰(《旗袍》)等经典的谍战剧角色,由观众的记忆填充进观影的当下,一个"文革"的故事竟有了国、共、日、伪四方角力的紧张(想想他穿着雨衣在婉瑜家楼下蹲守的场景吧,这是谍战剧的典型场景,不是"文革"的),但去语境的紧张比起由具体语境激发出来的紧张,冲击力就弱太多了。严歌苓的写作依赖于语境的极致性,正是在此意义上,她称20世纪中国是"故事多发的年代",张艺谋的去语境化改写既是反故事、反严歌苓的,也标明他决定对语境噤声。

以诉诸集体记忆的方式去语境的另一则案例是电影《金陵十三钗》对玉墨身份的改写。小说介绍玉墨:"她四书五经也读过,琴棋书画都通晓,父母的血脉也不低贱,都是读书知理之辈,不过都是败家子罢了。她是十岁被父亲抵押给做赌头堂叔的。"她不像红菱、豆蔻那么低贱,却也仅止于读书知理而已,这样的女子就算堕落起来也不会让人有玉碎的疼惜。更重

---

[1] 涂尔干的弟子,法国社会学家莫里斯·哈布瓦赫最初提出"集体记忆"说:"存在着一个所谓的集体记忆和记忆的社会框架;从而,我们的个体思想将自身置于这些框架内,并汇入到能够进行回忆的记忆中去。"也就是说,没有被赋予的"集体记忆","个人记忆"将是不可能的。(《论集体记忆》,[法]哈布瓦赫著,毕然、郭金华译,上海人民出版社2002年版,第69页)

要的是她血脉里有一种"败家"基因,"败家"正是"耗费"之一种,只有不断"耗费"的"弱者"才会不计后果甚至是没来由地挺身顶替唱诗班女孩赴日军庆典。这还是一个"弱者"为神的严歌苓的故事。到了电影中,她像书娟一样上过教会学校,说一口英国女王范的英语,她更像书娟一样喜欢过一个男人,他年轻、干净,"有世上最好看的眼睛",至于她怎样由书娟(真干净啊,这样的干净值得玉墨用生命去捍卫)堕落成玉墨,电影坚决不做任何交代。这是一个巨大的空白,空白召唤观众用自己的集体记忆下意识地填补它,她的堕落来得越突兀、越令人扼腕,召唤就越是强烈和不由分说:这不过是大家所熟知的逼良为娼的"不幸的故事"的又一次上演,她就是另一个陈白露,她的堕落跟她本人哪有一丁点干系,全赖那个"大鱼吃小鱼,小鱼吃虾米"的不义的社会,她甚至因为不甘于堕落以及最终的毁灭而彻底锁定了自身的高贵。

罗兰·巴特论摄影时用到两个拉丁词,studium 和 punctum。studium 是照片所提供的历史、政治、文化等方面的信息,它唤起观者一种具有一定的精力投入,但不特别剧烈,差不多是严格教育出来的情感。也就是说,studium 就是要诉诸观者被教育出来的集体记忆,令他们领悟摄影师的意图并与之保持一致,它的目的在于观者与社会的和解,效果则是照片在观者身上唤起适度的兴趣。punctum 则是从照片射出一支偶然的、无法由集体记忆解释和消化的箭,把观者一把洞穿,观者只能孤立无援地面对这个"刺点"以及"刺点"所昭示出来的赤裸真相。巴特接着推演："只要不被吸引我或者伤害我的细节（punctums）穿透、刺激和留下斑痕，studium 可以造就一类传播广泛（世界上传播得最为广泛的）照片，我们可以把这类照片称为'单向的照片'。"① 这里的单向是指照片所传递出来的内容"绝无双数，绝无间接的东西，绝无紊乱"，只有事先调配好的单一和平庸。我还要略作引申：单向更是说 studium 以召唤观众集体记忆的方式进一步巩固他们的集体记忆，集体记忆得到再一次确认的观众是稳妥的，仿佛被催眠，他们决不会因为被刺疼而扰乱、而警觉，从而发出为什么会这样的质问。有单向的照片，也就有单向的电影，比如《归来》和《金陵十三钗》。它们的去语境化处理就是在召唤、迎合观众的集体记忆，每一次召唤就是事先埋下的一个泪点，泪水涟涟的观众得到情感上的满足，一种来自记忆和潜意识的深度满足，类似于痛苦的甜蜜，而不是被扰乱，因为这里只有光滑的 studium，不会有 punctum 的毛刺。从这个角度说，studium 是一种情感捕获机制，被捕获的观众根据 studium 的引导，准确、得体地发泄着情感。满足了的他们竟是如此温驯。

第一次"归来"毕竟有语境印记，触目了些，于是，不到半小时，张艺谋就急忙切向第二次"归来"，一次抽象到完全丧失发展动力的静态"归来"，静态"归来"只是一帧画面：

---

① 【法】罗兰·巴特：《明室：摄影纵横谈》，赵克非译，文化艺术出版社 2003 年版，第 64 页。

从系在扣子上的魂到情感的"孤儿院"

陆焉识陪举着写有"陆焉识"三个字的牌子的婉瑜，在出站口翘首等待。等待，一个被一再传说的古老主题，湘夫人、望夫石、王宝钏、翠翠，他们各以自身的具体性填充着他和她的抽象姿态。他和她的等待还有两个独异处，这些独异处都是些电影香料。首先，她对他的爱情是绝对排他的，哪怕是亲情，张艺谋还要用对亲情的无情镇压来强调爱情的唯一性。她对出卖过他的女儿恶狠狠地说："我不会原谅你。不原谅。"对亲情的恶狠狠把对爱情的甜蜜蜜"提纯"到了绝对的抽象，绝对抽象的爱情召唤观众以自身的爱情体验和记忆来填充它，来实现它的具体化。召唤即是捕获。其次，等待一定有结果。"沅有芷兮澧有兰，思公子兮未敢言"的等待，对戈多的等待，都太绝望、灰暗，而绝望和灰暗就是 punctum，于是，张艺谋设计出被等待的人陪着等待的人等待自己的诡谲结尾，我称之为未完成的完成。一定要完成，完成才是甜蜜的，但真的完成又会损伤完成，只有给完成以未完成性才能得到一个终极完成，就像甜蜜是腻的，齁的，只有给甜蜜以痛苦才能得到一个最绵长、纯粹的甜蜜。张艺谋真是大众的情感保姆，不单是你要什么就给什么，还能大大拓开你要的阈值并给你所要。

与张艺谋一样，冯小刚也一把剪掉严歌苓系死的扣子，因为"弱者"为神这一元"问题"实在太晦涩，也因为"弱者"如何被极致境遇逼出（这里的"逼"，既可以是启发，也可能是塑造）他们的"弱"，他们又是怎样以"耗费"的方式获得"至尊性"，有可能成为刺疼观众和导演本人的 punctum。于是，他让那个时代不会出现的满园春色模糊了时代的绝对禁忌属性，当极致境遇被移除的时候，刘峰的"问题"——把活人抬上神坛，把肉身砌成雕像，而且旁边的人天经地义地认定你从来就是一尊神，你怎么可以有活人的体温——就被遮蔽了，他哪里是什么"有问题的人"，他就是一个善良却不被善待的人。人善被人欺，古今皆然，所以，这是一个从来如此的抽象的构架，（自以为？）善良的观众就可以把自身的经验和习得的教训填充进去。在观影的当下，刘峰就是他们自己，他们为他流下的每一滴泪都成了对于自己的善良的褒奖，而且，现实中的他们越是不被善待（当然未必是因为善良），褒奖就来得越发肯定，他们被捕获了。为了进一步夯实这个构架，冯小刚还把何小萍擢升为女一号，让她成为刘峰的衬托、隐喻和同是天涯沦落人。于是，小萍必须好看、性感到如一只天鹅，就像"文革"后期的刘峰必须是梳着分头的黄轩，如果不是天鹅，谁会为你的不被善待而哭泣？小萍必须善良、忠诚得像一滴无辜的泪水，她对生父怀着一腔无处投递的深情，她在刘峰落难时大声喊出"我送你"，不是这样的义女、侠女，不被善待的悲伤也不会来得这么刻骨。不过，这个构架本身毕竟是无解的，无解就是 punctum，于是，冯小刚必须勉为其难地和解，和解的高潮就是小萍的独舞。这不是肉的摇曳，而是灵的翔舞（精神病不就是灵冲决了肉？），她不再是她，她超越了自身，超越了自身的她俯瞰着大地，并在俯瞰中永远地原谅了世人对她的伤害——和解不会是惩罚，只能是原谅，不原谅，又能如何？值得一提的是，解除了"问题"，那些为了凸显"问题"而设置的情节就成了空穴来风，站不住脚的，比如，苗苗所饰演的小萍怎么可能需要玩弄丰胸把戏？你会相信这样的苗苗会馊得、臭得没有一个男战友肯近身？

有意思的是，冯小刚一方面把刘峰的"问题"抽象化从而捕获观众，另一方面又要用再具体化的方式让过去的时代一一重现，这是一种更深层的捕获。再具体化的手法就是着力铺叙每一个时代关节点的典型场景，不做任何价值判断，因为不管对错、好坏，那都是观众亲历的，那是他们的青春印记。影片一开头猩红的巨幅主席像就昭示了冯小刚的企图：我绝不判断，我所要做的只是打造一架时空穿越机，把你们带回一个又一个逝去的日子。于是，主席去世岂是一个简单的时间标签，他要用海啸般涌来的黑布为他们复现他们无法忘怀的震悚和无措；邓丽君的好听又岂是好听能一言以蔽之的，他要用一块红绸缠住日光灯，把他们的魂魄召回到三十多年前那种无骨、入骨的甜蜜；散伙饭当然要大写特写，他不仅要说给有过文工团经历的人们听，更要捕获所有观众的情感记忆——谁的青春没有过几顿刻骨铭心的散伙饭？当每个典型场景都被撑得满满当当的时候，它们就无法此呼彼应成一个有机的整体。好在冯小刚并不在意故事的完整和纯度（他那些贺岁片，《甲方乙方》《非诚勿扰》，无一不是杂拌。杂拌不只是形式，更是用电影看取世界的一种眼光，一个方式），他只是带着观众一起翻日历、看影集，还有什么比阔别多年的人们济济一堂，翻看从前的影集更催泪的？这一个个日子都是他们用身体丈量过来的啊，翻一页就是一页的疼痛或者是欢乐，这样的时刻根本不需要《时间都去哪了》响起，他们在《沂蒙颂》《英雄赞歌》《驼铃》等歌曲声中把过去的时光又过了一回，他们好像打败了时光。说到此，我们就能理解从"You Touched Me"（小说英文名）到"Youth"（电影英文名）的改造的巨大意义和动机：Touch是一次事件，事件是要刺穿"问题"的；Youth 则是对于青春的一场集体怀旧，就像影片结尾，萧穗子说，一代人的芳华已逝，就让银幕留住我们的芳华吧。

  罗兰·巴特说，"摄影在机械地重复着实际存在中永远不可能重复的东西"[①]，被摄物与死亡融为一体。斯蒂格勒进一步说，照片是"死者复归"。他的意思是，不同于"言语一向有虚构和泛指的可能性"，照片的意向对象"曾经在此"，但已经永远消逝，"一旦拍摄下来，这个永远消逝的特殊瞬间便会永存，同时又会无休止地回归"[②]。从前，生无非就是片段地死，现在，有一种技术（斯蒂格勒的术语，叫"第三持存"）让死"无休止地回归"于生，怎不令人惊叹？不止于此，冯小刚还要以黑场中集体观影的方式把个体性的"死者复归"放大、铺排成群体的招魂法会，法会中每一个心荡神驰的人都被

[①]【法】罗兰·巴特：《明室：摄影纵横谈》，赵克非译，文化艺术出版社2003年版，第6页。
[②]【法】贝尔纳·斯蒂格勒：《技术与时间：迷失方向》，赵和平、印螺译，译林出版社2010年版，第15—16页。

捕获了。当然，看电影毕竟不是真的翻影集，电影的荦荦大端是虚构类，虚构电影不是让"曾经在此"永存，而是要虚构出一段可以存在但事实并未存在的存在。不过，虚构电影自有其捕获机制。斯蒂格勒说："由于电影人物是演员的无人称性或者说不具名性，剧中人及其扮演者的过去就可能成为我们的过去。"① 比如，刘峰由黄轩饰演，黄轩这个具体的个人在此却是无人称、不具名的，刘峰不属于任何一个人，哪怕是黄轩本人，虽然黄轩把自己的形象赋予了刘峰，刘峰以黄轩的样子向我们走来，这就像陆焉识与冯婉瑜绝不属于陈道明和巩俐，虽然陈道明和巩俐的一段生命注入了陆焉识与冯婉瑜。正因为不属于任何一个人，他们才属于我们所有的人，他们连同饰演他们的演员的过去就是我们的过去，这些过去由我们每一个人认领，认领也就是被捕获。正是在此意义上，斯蒂格勒说电影是"孤儿院"，它那里有无数无人称的人物和他们所携带的炽热情感等待着我们认领，认领了，一种最牢靠的类似于亲子的关系就确立了，这种关系才是票房的保证。

---

① 【法】贝尔纳·斯蒂格勒：《技术与时间：迷失方向》，赵和平、印螺译，译林出版社2010年版，第27页。

洞穴与后窗

七巧,还是繁漪?

——评粤语话剧《金锁记》

我对小说名著所改编的影视剧一直不抱期望,因为小说跟它们是完全不同的艺术样式,"硬译"式改编几乎无从措手(比如,《围城》的连珠妙语如何呈现为影像?黄蜀芹只能没完没了地响起画外音),"意译"则要损伤太多原味。于是,当我走进剧场观看粤语话剧《金锁记》时,内心是平静的、超然的,因为我知道,我将要看到的是一个与张爱玲无关的《金锁记》,我没想过要在这里寻求阅读小说时的刺激或沉思。剧终,当我看到烟榻上的七巧竖起手臂,让翠玉手镯在手腕和腋下"轻倩"地来回滑动时,我再一次确认了自己的预判——七巧的动作真是大错特错,这是对于她生命的无可挽回的衰朽的绝望认定啊,只能是"徐徐"的、一寸一惊的"推",怎么可以是有余裕的、"轻倩"的滑?我们一定要体认到,由滚圆而骨瘦如柴的胳膊是一个冷到彻骨的支点,只有从这里出发,七巧才会有"黄金的枷"的痛悟，也只有站在这一支点上，我们才会原宥她所有的恶，才会明白挂在她腮边的一滴泪无非是"千红一窟"。

从冷气开得太足的剧场走进夏夜闷热的街头，我刷了刷朋友圈，跳出几条朋友和学生刚发的演出照片、小视频和毫无保留的赞叹，赞叹指向王安忆的台词，更指向焦媛的表演。我在他们的状态下点评：焦媛演得太好了，她不应该演这么好的。我的意思是：焦媛的表演太热烈、太汹涌、太歇斯底里了，她如此光彩照人、顾盼生姿，就像一团烧得通红的炭火，围着她飞的只能是一些灰黑的碎屑；小说里的七巧则要冷太多，躲在一个没有光的所在，即便还是炭火，那也是烧到发白的，芯子里面灼烫，外面看起来却如冷光，像死火。一做出这样的判断，我就不得不着手解决"是不是"和"好不好"这两个棘手的问题："是不是"是指，七巧难道真是、就应该是冷的，而焦媛错误地把她演绎成热到发烫？"好不好"则是说，焦媛所演绎出来的"是不是"小说里的七巧也许无关紧要，因为戏剧改编的旨归未必是还原，问题的关键还是在于，小说里的七巧与焦媛的七巧，哪一个更好？

先说"是不是"的问题。关于七巧，张爱玲有一个重要的比喻："玻璃匣子里蝴蝶的标本，鲜艳而凄怆。"也就是说，自从嫁给那堆死肉，七巧就死了，她再鲜艳些，也只是蝴蝶的标本，骨子里是凄怆的。这枚"标本"唯一一次发泼，是老太太死后分家产。这可是她嫁到姜家来以后"一切幻想的集中点"

啊,她能不恶虎护食一样死死攥住应该属于自己的那点钱财、地产?不过,如此关键性时刻,她却胆怯得迈不开步子,临上场时,脸上烫,身子却冷得打战,喝了杯茶,茶沉重地往腔子里流,"一颗心便在热茶里扑通扑通跳"。上了场,就闹开了,可闹开,又有谁理她?她一个人瘫坐着捶胸顿足,看上去是攻击,实际是自我消耗和作践,她竟是空空荡荡。至于爱情,她又哪里有勇气和能量奢求?她要的只是一具"没病的身子",只是一场跟真的也差不了多少的骗局,只是就算是骗局,也最好能迟一点、再迟一点被拆穿。可是,如此缩小又缩小了的、让人无限惨伤的愿望,无论如何都不可能达成。她要报复,世界是铜墙铁壁,她要呼喊,空气稀薄得张不开喉咙,她只能死死地掐住自己和自己孩子的咽喉,让大家一起窒息、死亡并在濒死中体验着释放的、高潮的快感——她如果有过高潮的话,也是一种阴郁的、自噬的高潮,越高潮,离死亡就越接近。令人费解的是,就这么一个自噬到逐渐冷却成灰烬的女人,竟被傅雷说成是"嚣张"的:"她是担当不起情欲的人,情欲在她心中偏偏来得嚣张。"而"嚣张"恰恰是焦媛表演的审美标签:上半场,焦媛的七巧"嚣张"得把季泽逼到墙角,摁到地面,她就是要"要"他,她像极了欧阳予倩和魏明伦的潘金莲,曹禺的繁漪、金子,张艺谋的"我奶奶";下半场,她"嚣张"到舌战所有亲朋,枪林弹雨般的詈骂、粤语特有的铿锵如锤击的语调,又使她像极了《九品芝麻官》里凤来楼的老鸨在大战烈火奶奶。上半场的她如欲女,下半场成悍妇,上下半场好像七巧,还是繁漪?

是断裂的,但一头一尾季泽背着她(代兄)成亲的画面串联起全剧,弥合了断裂,把她统一为"我奶奶"一样的欲女。不同之处只在于:"我奶奶"在"我爷爷"的背上疯狂地颠簸,欲仙欲死,欲望就像猩红的高粱遮天蔽日地绵延开去;而她胯下的却是一个泥偶般的"僭夫",她注定欲而不能,无法实现的欲望壅塞着她,激狂着她,她要把世界炸得粉碎,世界就算成了齑粉,她也还是无辜的——这样的七巧不就是最"雷雨"的繁漪?怪不得看戏时我常常出戏并反问自己:焦媛演的是七巧,还是繁漪?

焦媛自有她的权利把七巧演成繁漪,更何况偌大的剧场,只有最"雷雨"的繁漪具有足够的法力,能在观众的心里不断地掀起电闪雷鸣、骤雨狂风。不过,我也有我的权利追问一声:把七巧演成繁漪,真的好么?恋爱有理、欲望无罪、人性至上,是20世纪一二十年代和七八十年代占据主流的话语范式。正是在这样的时代氛围中,人们才会一再涌起为潘金莲翻案的热情,哪怕她毒杀了武大,她也还是一只既瑟瑟发抖又理直气壮的羔羊;也正是这样的风尚所及,人们才会本能地认定《雷雨》的主角是繁漪,她的哪一句独白,哪怕是呓语,不是在大喊"我控诉",不曾闪烁着"人"的光辉?她是通体透亮的。为"人"而疯魔的人们(也许,包括曹禺)理解不了侍萍既决绝又隐忍的爱意以及此一爱意所引发的滔天罪孽——爱原来就是罪,"在"不得不罪性地"在"。只有到了20世纪40年代(以及半世纪后的90年代),"人"的神话抑或谎言已是千疮百孔,

洞穴与后窗

张爱玲、钱锺书才会写出一个没有好人却也没有绝对恶者的人间，这样的人间一言以蔽之，"不彻底"。"不彻底"是人类的悲哀，因为生命只能这样得过且过地挨下去，"如匪浣衣"；说到底又是有慈悲意的，因为我们不必始终锃明瓦亮，我们可以保守着我们的黑暗，不让外人涉足。"不彻底"的人间和人们当然是冷的，哪怕有一把火苗在你的心尖燎出了一个个泡，就像七巧和方鸿渐。从这个意义上说，七巧还是繁漪，这不是一个表演论问题，而是彻底还是"不彻底"、透亮还是晦暗这两种迥异的美学和生命态度在打架，就像傅雷和张爱玲曾经猛烈争执过的那样。让我选的话，我坚定地站在七巧这一边，因为我知道我的"不彻底"，虽然我永远会仰望着繁漪的彻底，那一片不可能的神奇。

厂服，还是吊带裙？
——评纪录片《我的诗篇》

2016年6月的最后一天，午后，梅雨间隙，燠热、雾数，我去南京艺术学院剧场看荣获"金爵奖"的纪录片《我的诗篇》，一部有关农民工诗人的诗篇。我打定主意不被这些诗人就跟梅雨季节一样燠热、雾数的生活和命运所感动，因为这样的命运只能抵抗，必须挨过，感动一文不值，甚至就是轻慢，更因为我已经被过量的底层叙事感动过了，我有了免疫力。不过，我还是感动了，不是被他们的惨淡命运而是被他们的诗意时刻所感动，这一感动不是悲不能禁，而是欢乐，一种由心底涌起，从嘴角荡漾开来的欢乐，像是涟漪。

看电影的时候，我一直在想：什么是诗，他们为什么要写诗？我的答案是：诗是对于生活的放慢或快进、飞越或回溯、放大或忽略，"我"在诗中与变了形的因而变得虚假或许又更加真实的世界相逢，这样的相逢开启出一个同样虚假或许同样

洞穴与后窗

更加真实的"我",一个诗意的"我","我"拥有了自己的诗意时刻。我想到了汪曾祺《异秉》中的陈相公,一个药店里的小学徒。陈相公每天的生活被无休止的劳作包裹得密不透风,他也确实不大灵光,常常被师傅们打。可是,就是如此卑微的一个生命也有他自己的确信:挨了打,他会对远方的妈妈说,妈妈,再挨两年打,我就能养活您老人家了。更有自己的抒情瞬间:傍晚,爬上房顶收晾晒了一天的药材,他看得见远方的绿树,绿树后面缓缓移动的帆,看得见鸽子,和鸽子一起飘动的风筝。我想,就在把目光从逼仄、贫乏的生活抛向远方的风帆的此刻,陈相公是一位诗人,他就像"浴乎沂,风乎舞雩,咏而归"一样的潇洒,他通体都是清洁的,有光。影片中的打工妹邬霞跟陈相公一样卑微,她十四岁就跟随父母到深圳打工,每天挥汗如雨地熨衣服,忙得头都抬不起来。可是,她也有一个吊带裙的梦,她收藏着很多件五颜六色的吊带裙,廉价的,起毛、跳丝的,可它们就是能够衬出她美丽的腰身,一个被直筒筒的厂服覆盖得严严实实的美丽腰身。当我看到她终于穿上吊带裙,对着镜头,略带羞涩和紧张地朗诵她的《吊带裙》时,当她说到"陌生的姑娘,我爱你"时,我真的感动了,一种类似于心脏被一双温柔的手细细熨平的感动,一种就像吊带裙在风中飞扬的感动。我知道,这是诗,诗就是我被打开,你也被打开,我们在被打开中相融,相爱——不爱,怎么可能?这样的诗不试图把自己铭刻进诗歌史,诗歌史太堂皇,闪烁着冷、硬和敌意的光,而它只是一声情动于衷的"将仲子兮",在所有心有戚戚焉的人们的心中回荡。这样的诗也无关乎阶层，无关乎战斗，它就像"子兮子兮，如此良夜何"，有一种生命在伸张的甜蜜，也有一种生命愈是伸张不已愈是觉得伸张得不够的"无可奈何"（胡兰成）。这样的诗与其说是一个名词，高贵、尊严的名词，毋宁说是一个形容词或副词，指向生命的新的状态和可能。

可是，当影片开头，杨炼郑重其事到神秘兮兮地宣布，几千年的诗歌史必将铭记今晚的"我的诗篇·工人诗歌云端朗诵会"时，我知道，作为形容词和副词的诗被绑架了，农民工诗人的诗意时刻被绑架了。这注定不是一次生命的舒展，而是一场巫师的大法会，巫师施放出来的烟雾是底层、苦难、抵抗之类我们耳熟能详的神圣概念，指向的却是诗歌秩序的重建，而秩序的重建者当然就是巫师本人。于是，朗诵会的氛围必须是悲壮的，悲壮到不得不下起一场漫天大雪。影片主创应该是想用大雪来隐喻"悲凉之雾，遍被华林"的时代吧，我却分明看到，大雪就是对于农民工诗人的埋葬和遗忘——抢救即埋葬，其他行当也大抵如此。现身朗诵会的农民工诗人则必须"用很不专业的姿态，反抗这个时代"（吴晓波）。可是，反抗已是艰难，方式还注定"很不专业"，这是一场多么绝望的抗战，抗战还没开始，胜负已见分晓，而真正的胜利还是属于那些把他们组织起来去战斗的组织者们。就这样，所有的朗诵者都被装进一个凝重、悲愤的模子里，他们无法放松，不能微笑，不约而同地用一种被赋予的变异声调向时代喊出一篇篇苍白的檄文。当

洞穴与后窗

看到穿回厂服、神情木讷的邬霞鹦鹉学舌一般地说出"陌生的姑娘，我爱你"时，我的心一阵疼痛，我怀念那个穿着吊带裙、冲着镜头微笑的年轻母亲，我相信，那时的她是幸福的，因为她仿佛已经看到一个陌生的姑娘穿着她亲手熨制的吊带裙，像她一样的舒展，她知道，那一定会是美丽的。我想，正是在这里，影片的表现对象和表现方式之间出现了无法弥合的断裂：表现对象可能是吊带裙，表现方式却只能是厂服，厂服所要传递的是呐喊和呼告，吊带裙才是活的、带着体温的诗意时刻。

其实，更早些，早在影片还没有开映，优雅的女主持人请凝重的秦晓宇导演说上几句，导演引用到本雅明的"纪念无名者比纪念知名者更困难。历史的构建是献给无名者的记忆"，我就已经预感到一场绑架案即将上演，因为农民工诗人已经被预设了与"知名者"相对立的"无名者"的身份，于是，他们的命运就只能是被打捞、被纪念、被展示，他们不得不走着戏曲的台步，捏着嗓子唱起悲情与抗争的歌。果然，无须理由，不必论证，爆破工陈年喜就可以认定："活着就是冲天一喊／真情和真理皆在民间。"——"礼失而求诸野"，这可是典型的知识分子话语。陈年喜还会故地重游一样地在自己的卧室里追忆起妻子"于归"时的温情缱绻，理一理（多么庄严的动作，犹如拨流苏、理绶带）他们用了十多年的旧枕巾，搞得坐在我身边的姑娘一阵嘀咕：呀，他的妻子死了？直至看到他来到厨房，妻子正在灌开水，姑娘这才放了心，却又有点猜错、上当的懊恼：哦，还活着！他还要用手轻轻握住妻子的手，一起灌水，我能看到她的手微微躲了一下，她和我一样不习惯于公开的、戏剧化的爱情表达。我猜，她意识不到的是，她曾经熟悉的丈夫已经不是一个人，而是一种角色，角色的名字叫作"无名者"。这样一种被赋予的戏剧化自觉让陈年喜们吃力地穿行于现实与戏剧之间，他们自以为他们已经被命名，其实他们是如此的狼狈，瞪着一双精神分裂者特有的既专注又迷离的眼睛，吃力地打量着他们根本看不懂的世界，世界则向他们打开居高临下的、讽刺又带点包容的微笑，就像那个白发梳得一丝不苟的老者不怀好意地对着向他寻求内刊编辑岗位的乌鸟鸟一再反问：物流，你知道什么是物流吗，物流公司要什么内刊？所以，我愿意重申：抢救即埋葬，命名就是伤害，我们的农民工诗人在被抢救的过程中已经不再写诗，他们开始唱诗、演诗。

行文至此，我有理由认定，"我的诗篇"中的"我"指的不是农民工诗人，而是影片的主创，是主创让农民工诗人穿着厂服（穿着厂服站在诗歌朗诵会上，就像民族代表穿着民族盛装坐在大会的礼堂，这不是诗，是仪式）向时代念起他们未必懂得的咒语，我真的担心他们忘了他们曾有过吊带裙的飞扬和美好，他们完全可以也应该过着让自己更欢乐、充盈的诗意生活。映后，导演为女主持人赠言："以血肉有情之诗，为底层世界立言。"这一赠言当然可以理解为事实描述——农民工诗人以他们的"血肉有情之诗"来为底层"立言"。我却更倾向于把它理解成主创在抒怀——"血肉有情之诗"只能是主创创作出来的这部影片，一部大写的诗篇，诗篇为底层"立言"，

洞穴与后窗

而底层本身则是连发声尚且不能的,他们所能做的只是为主创的诗篇提供一些素材而已。

不过,影片结尾的一点小小提示让我释然了:失业已久的乌鸟鸟终于打算改行杀猪了。是啊,写什么乌烟瘴气的鸟诗,多杀几头猪,多攒一点钱,养好那个刚刚呱呱坠地的孩子,才是正经的营生。只有在这样的拒绝被俯视也拒绝被仰视(仰视是在仰视他们所不是的角色,真实的他们还是被俯视了)的凡俗、绵密的生活中,才会有吊带裙飞扬的诗意时刻一再绽出,乌鸟鸟这才有可能做一个真正的抒情诗人。

当楚门推开那道天梯之门
——论鲁敏《奔月》

这是一次既舒适又危险的写作。

舒适是因为有章可循。"奔月"是一个亘古已有、中外皆然的迷人主题,谁的心中不曾偷偷怀有一个朝向月亮飞升的冲动和梦想,哪个行吟诗人不试图以自己的吟唱加速度地逃离这片令人烦闷的、从这里绵延向无穷远方的土地?于是,嫦娥奔月,武陵渔人误入桃源,霍桑《韦克菲尔德》的主人公离家出走,在另一个街区默默注视家人二十年,《楚门的世界》中的楚门无论如何都要冲出生活了三十年的巨大的摄影棚,是枝裕和的人物心中闪烁着一丛注定要吞噬他们的"幻之光",就算是卡夫卡的大甲虫被囚禁在自己的硬壳之内,这种囚禁也未尝不可视作一场朝向自己心灵深处的无止尽的逃离……站在这么多伟大的叙事实践的基石上,鲁敏当然有信心让她的小六藉着一场车祸来一场突如其来的人间蒸发,从而释放积压在她(是小六,更是鲁敏)的心头已经太久的"奔月"冲动,这样的写作又怎么可能不舒适、不安全?"奔"的感觉真是爽啊,这是一种真空,"得放纵,得撒欢儿,得拍巴掌跺脚丫子拼命乐呀……"这一真空,鲁敏名之曰,"无名之境"。

危险则是因为,已经有那么多人设想过、讲述过为什么"奔"、如何"奔"以及"奔"了会怎样,往严重处说,"奔月"的可能性大概被耗尽了,鲁敏还能怎么"奔"?你看,李商隐说,"嫦娥应悔偷灵药,碧海青天夜夜心","奔"的绝对孤寂让"奔"者反过来体悟到现世的有情有义,或者说,"奔"竟是看取现世之美好的另一双眼睛;武陵渔人只能以误打误撞这一断裂抑或飞跃的方式进入桃源,桃源处于现世的标记之外("寻向所志,遂迷,不复得路"),以自身遥不可及的整全把现世映衬得越发丑陋和残酷;楚门哪怕被海浪拍死、被闪电劈死也要驾船来到世界其实是片场的尽头,他要登上天梯,要推开那道门,要见到他的施维亚,只有抱着他的施维亚,他才踩在一个"真实"的世界里,他才生平第一次成了他的自己。但是,当他推开天梯之门的刹那,银幕黑了,演职员表开始滚动,导演根本不知道是否存在一个"真实"的世界,也许,"真实"不过是另一种不可测的虚幻……

下面的问题就是,鲁敏有没有在无数种"奔月"中写出属于自己的"这一个",让古老的母题发新枝?如果没有,这就是一次失败的尝试,"奔"的结局只是坠毁,如果有,她的独特性何在,她又是如何挣脱既有的"奔月"书写的沉重引力,

"奔"得既恣肆又销魂的(虽然小六可能"奔"得伤痕累累,甚至无处可"奔")?让我从小六"奔月"的起点说起。

小六的起点是绝对的平常。在贺西南心中,"小六是个太平常的妻子,说乏味都不为过……"在小六看来,她在金陵的生活,特别是她的婚姻生活,根本不值得多看一眼,它"永远都是这样的,抽象、雷同,但也十分安心,并且将一直这样安心下去,有没有彼此,多出个彼此,少掉个彼此,并无分别"。就是这份安心让她十分不安心,她需要针扎、水烫的疼让自己深深地被搅动(她对聚香说,针刺一下,水烫一下,一疼,就感到手指头在哪儿了);就是这份平常让她极度地渴望不平常,她渴望在一种骇俗的陡转中迎面撞上"本我的根源"。鲁敏设置这样的起点,含藏着一个重要的宣判:这个哭哭不出来、叫叫不出声,一切都是那么黏黏腻腻、不清不爽的现世是秽亵的、"雾数"的、非本真的,只有在一种本质性的断裂中(类似于武陵渔人的"误"入),人才能臻至本真之境。也就是说,起点处的鲁敏和小六是彻底的二元论者,是柏拉图"洞穴比喻"的忠实信徒,她们相信在幽昧的、无限绵延着的现世之外还有一个永恒的理念世界,生而为人的要义就在于从现象的川流面前决绝地转过身去,迎向灼灼的理念之光,在如此惊心动魄的关头,连生命本身都是无足轻重的,因为生命无非是幻象之一种,最执着、最深重的一种。如此一来,我们便能理解在翻车的第一个瞬间,小六"首先感到的并非恐慌,而是一种耀目的神秘,像有束刺眼的光柱正穿过梦境直射而来"——"刺眼的光柱"正是神秘的理念之光,而现世只是一场冗长的、怎么也醒不来的"梦境",亟待"刺眼的光柱"的不由分说的穿透,穿透的瞬间,是死亡,更是重生,重生的她何须恐慌,就像饮鸩赴死的苏格拉底当然是泰然的,因为他即将揭去眼上的"鳞",跃升绝对之域、本真之域。

"奔月"之后的第一感受是被抛入"无名之境"的爽,而"无名之境"的具象化,就是成为什么证件都不要,甚至连脸都被悬置、被抹除的"卡通人":小六只管以"二熊"的面目在广场走走停停,"像哲人在思考,像流浪汉在乞讨,像王后在巡视,像恋人在苦苦寻找,简直自由得都有些狂喜起来!"无名、匿名,就是把自己从目的论的锁链中擦去,让自己不是"为……"而存在,而是仅仅"作为"自己,从自己出发、到自己结束地活着,这样的自己赢获了巴塔耶意义上的"至尊性",我甚至认为,这样的自己就是一个哲学人。果然,小六的脑子里进行过很多次思辨,得出过不少哲学的结论。比如,她会强调她的消失与所有的消失者都不一样,那些消失者都有具体的谋算,他们的消失只是一种迂回性的策略,而她所要的是"消失本身",她为消失而消失。再如,她会想:"只有像这样,既'无意义'且'不正当',简直都没法子讲、没法子定义的事情,她才乐意为之、反复为之,怎么着也要去干,这才让她有一种完全的'我'的感觉……"如此繁复的辨析,那么多必须用双引号才能框定的概念,让我有充足的理由认定,小六不只是小六,更是鲁敏,一个从自己的地球上"奔"出来,快乐地反刍着自身的快乐的鲁敏。在哲学人小六/鲁敏看来，卡通"二熊"只是一个符号，把自己与现世隔开，她不会去想，"二熊"既有符号性，更具物质性，作为物质的"二熊"可能沉重地附着于她的身体，让她笨拙，让她僵硬，让她成为一个"无脸人"，于是，她压根不是"奔"而是被牢牢地捆在这里的，她的爽也许只是一种臆想。当我谈论这一种可能性时，指向的是侯孝贤的《儿子的大玩偶》，在"大玩偶"欲卸小丑装而不能、不得的辛酸的反衬下，我们可以清晰地看到鲁敏写作的中产趣味。有必要强调一下：中产趣味，这是一个事实而非价值判断，更进一步说，在伪底层书写泛滥的当下，书写中产趣味毋宁是另一种"诚"。

"爽"是一种挣出束缚的即时感受，依赖束缚而生，且不具备可持续性，于是，紧随"爽"到爆而来的一定是衰竭、忧愁以及对于新的束缚的渴求，更何况束缚本身根本无法挣脱，束缚从来旋灭旋生——"爽"说到底只是一种幻象。暴爽之后的小六必然面临如下几种后果：一、她发现她不可能真正的无名，她必须顶着任一的名字，比如吴梅，然后更坚实地扎根进现世："大半年下来，她不仅没把自己给弄'没'了，似乎还弄得更'在'了……"二、她开始渴望束缚，渴望重力，因为"爽"不过是另一种漂浮、耗尽。她的"百宝箱"里藏着一份题为"八旬老翁拒付百元嫖资，卖淫女报警求助被拘扣"的剪报，直到她急于重新"到世界中去"的时刻，她才精准、深刻地领会到这一对非法的男女身上所弥散着的迷人的合现世性："瞧他俩，多么蓬勃多么热情多么认真，这劲头简直让我崇拜，您能理解吗？"三、取消了重力的她触痛现世，就像她沉迷于保洁，"越是低劣、污秽，越能得到一种无目的的满足感"，此种无原则的享受伤害了超市同事看待劳作的原则，"冒犯了这个小小国度的阶层本分"；又引诱现世，就像林子向她表白：你跟"那些安安生生的本地女人"不一样，"你就是她们的反义词，我喜欢的就是你这一点"。触痛召唤出现世的同仇敌忾的集体意识，引诱又给现世注入一管力比多，它们这是在煽动啊，松垮、疲沓的现世被煽动得重新紧张、生动起来。所以，"奔"是一种例外状态，例外反过来证明常态的坚不可摧，或者说，常态自我持存的强悍能力就表现在它能不断地制造并消除例外上。

于是，小六不得不从乌鹊回到她的金陵。我自信并害怕自己的预测，自信是因为我对"奔"的逻辑的了然，害怕则是因为我知道小六只要回去，鲁敏就落入了既往"奔月"故事的窠臼，她的"奔"不过是又一次"突围表演"。这里之所以用到"表演"这个词，是因为"奔"的落脚点从来不在"奔"本身，而是在于对"奔"的悔恨，对所"奔"离之地及其逻辑的终极肯定，就像《幻之光》的结尾宣判"奔"的本能不过是一束"幻之光"，由美子和民雄从此安稳地生活在一起。"奔"的最大危险还在于"奔"就是对于"非奔"的固化、强化，就像楚门在大海中殊死搏击，意欲冲出片场，但他的搏击正是片场语境中最激动人心的部分，当他终于来到片场尽头，所有的观众都在涕泗纵横，因为他帮他们释放出"奔"的冲动，他们由此更踏实地做回了他们自己——片场的观众。观众永远是片场最稳定、最具惰性的部分。从这个意义上说，楚门不过是一位奥运冠军。奥运冠军代替人们去"更高更快更强"以便人们心安理得地不高不快不强，奥运冠军锋利的不稳定恰恰是观看比赛的人们的超稳定世界的稳定剂，贩售超稳定剂的奥运会当然不会是资本市场的终结者，而是它最璀璨的一部分。作为资本市场的明珠，奥运会只负责为我们传递奥运冠军夺冠的高光时刻，拒绝告诉大家他们夺冠后怎样，因为夺冠后的他们不就是我们的一部分，黯淡、寻常的一部分？这样一来，楚门就一定要推开那道天梯之门，否则他就不是超级英雄，但导演拒绝设想推开后怎样，因为门后面也许依旧是片场，更大、更深沉的片场。说到这里，我已经能够阐明我看到《奔月》结尾时的激动。鲁敏让小六目睹贺西南向绿茵求婚的现场，她已无家可归，她再也没有机会去亲近她先前憎恶、恐惧却因为"奔"的失重而重又珍惜起来的一切，于是，她只能再一次快跑、飞奔（鲁敏一再地呐喊，"小六快跑"。这是恐惧，恐惧她停下来；是怂恿，怂恿她飞奔于无地；是激越，激越于她的一往无前），只有在无名目的"奔"中，她才既"一无所知"又"万有可能"，"就像聚香刚生出来的那个婴儿"。也就是说，鲁敏对楚门的结局做出了重大的、属于她自己的改写：执着于推开门后"是"什么、"有"什么，就一定会坠回片场，"奔"的唯一正确的姿态只在于抵达所有的门，一个个地推开，推下去，不管门后是"有"是"无"，就像"这样的战士"在"无物之阵"中依然坚决地举起了他的投枪。

洞穴与后窗

麦家的"病人"和他们的"红字"
——论《人生海海》

在我的想象中,作为谍战小说大师的麦家始终蹲踞于一片彻底的静、绝对的黑,捕捉每一丝异样的电波从声音之海中浮出,等待锁舌的"咔嗒"声轻轻又骤然地响起。此时的他没有视力,所以才能目光如闪电,劈开一个个劈不开的密码;完全地非我、无我,所以才能抵达一个个锁闭着的"我"。这一次,麦家誓言:"我要另立山头,回到童年,回去故乡,去破译人心和人性的密码。"我的担心有二:一、离开自己驾轻就熟的谍战、密码,麦家能行吗?二、人心、人性何等诡谲,怎么可能有密码?而且,如果真的可以循着一本密码,译出人心、人性的谜底,这种可译的人生也许并不值得一过。

撕掉谍战标签的渴望竟是如此强烈,麦家毅然回到富阳老家,以此为地基,知其不可为而为之地破译起"人心和人性的密码",写出长篇小说《人生海海》。他知道,这是一次押上麦家的"病人"和他们的"红字"

所有职业信誉的赌博，只许成功，不能失败，而他敢于孤注一掷的底气在于他对自身才华的相信，他知道，他是行的。在经过多年的深思熟虑之后，他终于稳稳地投下一枚险棋，也是好棋：在上校（蒋正南）的耻部刺上一段无论如何都抹不去的羞辱文字，把上校和耻辱本身牢牢焊在一起。于是，所有人，哪怕是同情他的人都想扒开他的裤子，看看那段不能看、看了就会弄脏双眼，却又因为不能看所以才一定要看、哪怕由此被冒犯被伤害的文字；而他活着的唯一使命和动力则是死死捂住这个秘密，就算被误认为是个太监，就算不得不割掉偷窥者的舌头、挑断他的手筋——只要没有被说破、写出，秘密就还是秘密。目光也可以杀人，好奇心竟能泯灭廉耻，被无数饥渴的看客环伺着的上校注定分有一份荒诞的命运，他必须全力以赴于一场绝望的抗战。诡异的是，越是被窥伺，上校越是能缄默起他的秘密，并在界线的另一端向这一端正在觊觎他的苦人们施以援手。也就是说，只有不断的攻击才能彰显他无法被攻击的超能，只有无休止的驱离才能一劳永逸地让他与驱离他的人们生活在一起——也许是以接济、救活他们的方式，也许是以被他们"嚼舌头"从而填满他们漫长、空虚的暗夜的方式。上校的故事真是深奥啊，一团黑，海样深，根本摸不着边际；又是多么的勾魂摄魄啊，听众被激发出不竭的创作冲动，在他的故事之上衍生出一个又一个新故事，他的故事由此具有了不断生长、更新的奇能。就这样，因为秘密之阴影的烘托，上校显得无限辉煌，因为故事如滚雪球般地增生，上校成了会变身的超能英雄，又因为传说中根基处的空无，上校这才是真正的"满当当"。这样的上校简直就像他那套纯金打造的手术刀具，几十年的封存和黑暗决不能让它们沾染半点岁月的尘埃，反而把它们"擦得更锃亮"。我想，我可以认定，麦家就是要从黑中熬制出白，一种来自黑，所以比白更白的白；从不可能里生长出可能，一种来自不可能，所以比可能更可能、更笃定的可能性。这样的白去人远，离天近，是有神意的。有神意的上校只能被仰望，不会被斫伤。就算真的到了裤子即将被扒开的关口，麦家也会及时送上一份突如其来的疯狂以及终将到来的死亡，让他超越秘密和羞耻，让他永恒地休憩。海涅说："死亡是凉爽的夜晚。"上校之死，当作如是观。

不过，问题随之而来：上校如此完满、超脱，那么，"我"趴在"退堂"的楼板上、老保长"棺材屋"的气窗前所偷听到的有关他的骇人故事，就一定是传奇、神迹，麦家怎么可能由此破译出人的密码？我们不妨拿麦家所钟爱的《英国病人》来做一番比较。那一场沙漠绝恋冲决了人伦的禁忌，因为她早已"罗敷自有夫"；突破了正邪、敌我的界限，因为他为了救她竟不惜以身事敌。这样的爱情必须被诅咒、被剿灭，他们在诅咒声中觳觫、惊惧，他们是万劫不复的罪犯；他们又因为逾矩而独立而纯粹并因而获得大欢喜，他们还是最痴绝、洁白的情人。如此一来，他们的眠床就只能是火海，火焰将焚尽他们的罪孽，并由此炼出爱的真金。爱的真金由死亡和罪孽炼成，这样的真相阴邪得烫人，唯有由烧至枯萎的他用冰冷的唇送出幽

麦家的"病人"和他们的"红字"

微的声,谵语般地说着,旋即消失于意大利夏日的晚风。这样的爱正是麦家所要的来自黑的白,凡人哪配拥有,凡人如果一定要飞蛾扑火地爱的话,就一定会脱离常轨,成为罪人。我想,"英国病人"的"病",指的正是凡人脱离常轨时的快意和恐惧,而人生来就应该大"病"一场,不得"病",毋宁死,则是迈克尔·翁达杰勘测出的。与"英国病人"相反,上校健硕似虎,完满如神,理所当然地与一个个丰腴的肉体交媾,却绝不为任何一具肉体驻留。不可胜数的占有仿佛只是为了证明他的不可占有,他怎么可能有"病"?一个没"病"的人从来就不是一个精彩的"人物"。

上校确实太炫目、完满了,用笃信耶稣的小爷爷的话说,他就是耶稣:"世上有耶稣才出这种大好人,他是不信耶稣的耶稣,你对他行恶就是对耶稣行恶……"在人里面寻找耶稣,在盐里面创造盐中之盐,《人生海海》当然跟《解密》《暗算》一样好看,却与麦家破译人心的写作初衷渐行渐远。不过,如果我们能够抵抗、挣脱上校的魔力,去打量那些试图斫伤他的可恶又可怜的人们,就会发现一个往往被忽视的重大事实:斫伤他的力量一定会反过来斫伤那些斫伤者,斫伤者才是"病人",各有一段自己手造的无法愈合也无处申说的创痛。他们是世界的基数,是麦家真正的主角,正是从他们这里,麦家提取到了"人心和人性的密码"。

比如,爷爷。爷爷是生活智慧大百科,道德守护神。爷爷说,"惊蛰不动土",因为惊蛰是蛇虫百豸苏醒的节气,土里住着

洞穴与后窗

各种胎卵,动土就要了它们的命,哪怕是害虫,也应该让它们投胎活一世,"这是做人的起码"。这样的爷爷就是秩序本身,"爷爷说"天经地义得就像第三章一再出现的"报纸上说"。不过,不管爷爷把世界涂抹得多么秩序井然,总会残留一些抹不掉的"刺点",顺着"刺点"撕开,一下子裸呈出他以及世界骨子里的愚蠢和自私。或者说,正因为生存的第一要义是自利,他才口口声声说道德,正因为活得如此盲目,他才言必称智慧,他一定要用加粗、加黑的"有",去遮盖空无一物的"无"。于是,当村子里疯传上校是个鸡奸犯,跟他儿子是"一对"时,他生命里最大的"刺点"就凸起来了,挫不平、绕不开,他的选择只能是把灵魂交给魔鬼:出卖上校,就像犹大出卖了耶稣。这位假扮成使徒的犹大至死都理解不了的是,他的致命伤在于他妄想以肉身之暗扛起秩序之明。生命总有成片的幽暗是无法被秩序化的,想做秩序中的完人的凡人不过是"病人",爷爷正是其中"病"得最重的一个。作为小说家,麦家的职责在于:明明看穿这个世界经不起试验,偏偏把无解的难题扔给看起来最经得起试验其实早已"病"入膏肓的家伙,并由他必然的溃败一举揭下蒙在世界表层的光滑的膜面,膜面之下原来空空荡荡。

也如,林阿姨。林阿姨爱上校,爱得一往无前,爱得要么全有,否则全无,最终把上校推入万劫不复的深渊。占有欲令人发狂,甚至直通毁灭,这是人性常见的症候,林阿姨只是无数"病人"之一,并不比白先勇的玉卿嫂来得更加决绝。她的光华在于,玉卿嫂的终点才是她的起点,她要用一生的苦行来赎罪，把自己由一个有着"一颗黑暗之心，饱含罪孽之泪"的罪人"渡"成一个"活观音"。这是一场何等酷烈的修行。面对失智如孩童的上校，她是爱人，更是母亲。可以设想，她是幸福的，因为她终于可以如此无间地与他厮守在一起；又是疼痛的，因为她厮守的只是一具没有灵魂的躯壳，就像拢着一堆灰烬烤火，只会让她感到彻骨的冷，让她无望地思念着再也不会燃起的火焰。更残忍的惩罚是，这个罪犯整日照料着受害者，却连一声"对不起"都说不出口，因为受害者早已忘却了她的加害。请注意，不是原谅，是忘却，被忘却的加害永远不会得到原谅，她只能把"红字"深深烙进自己的胸口，羞愧到死。更有意味的是，麦家不仅看到修行的酷烈，更看到当她心甘情愿地投身于这一场修行时，酷烈竟然也可以是缠绵的，销魂的。他说："没有人会忘掉自己的宝贝藏在哪里，也没有人会忘掉刺穿自己心的箭。"穿心箭才是心头宝，穿得越深、越透，越是刻骨铭心，越是爱之若命。于是，这个罪犯的脸色时时由苍白转为潮红，她才是最缱绻的情人，她还要用死亡永远地封存起她对他的爱，终极的爱情，死才不死。就这样，她用日复一日的酷烈的修行把"红字"改写成丰饶和骄傲，就像《红字》里的海丝特·白兰太太死后终于跟心上人葬在一起，墓碑上写道："一片墨黑的土地，一个血红的 A 字。"

林阿姨酷烈而销魂的修行为麦家开启出一套独特的辩证法。在麦家的辩证世界中，只有"心有雷霆"才能"面若静湖"；爱就要"爱得小心翼翼又天昏地暗"；"生不如死的生是最富

洞穴与后窗

有生命力的"；人生海海，敢死不叫勇气，活着，看清生活真相之后依旧活下去，才需要勇气；你们所说的"消磨、笑柄、罪过"，不过就是他的英雄主义……辩证法的高潮，是小说结尾一小瓶麻醉药（宁静）把林阿姨送进死亡的深渊（酷烈），她与他在深渊中永远地交融在一起（无上的欢畅），他这才生是她的人，死是她的鬼。辩证法又催生出奇异的美学效果：上校的来自黑的白、绝对的白、极致的白仍有谍战趣味，我们从谍战中就是要获取不可能的可能性；到了林阿姨这里，黑白既彼此对峙，又交织、融合出一个黑白之"间"，有了"间"的一再绵延，黑与白越显瑰奇，在黑与白的映衬下，"间"则不再是可以一笔带过的过渡地带，而是"复杂图案和色彩"，巨大而深邃的存在，人之密码就埋在那里，等待着有心人去开掘。至此，我可以总结：从谍战小说一路走到《人生海海》，麦家的写作发生了根本性的位移，他把笔触从上校（神）挪到了爷爷、林阿姨（人，因为是人，所以又一定是"病人"）的身上，从刀锋一样的黑白两极切入了浩瀚的黑白之"间"。这样的位移不是简单的取材上的变更，而是美学立场的刷新、飞跃，其意义就好像是中国小说从未央宫、花果山、水泊梁山来到了西门大官人芜杂、喧腾的宅院，我们每个人都分有的人性的爱恨贪痴嗔，成了真正的主角，我们终于可以在文学中找到属于自己的拘拘束束的苦乐和忘不掉的爱恨。

我想，我已经附带着解释清楚，上校为什么养了黑白两只猫。

一个"白痴",在反本质的城市里游荡
——张柠《三城记》读札

一、必须写出一个当下来

张薇祎对顾明笛说,当下最好的作家都在写乡村,他们是童话作家、故事大王,他们丧失了现实感,一写到自己所置身的城市就捉襟见肘。接着,她笃定地说:"我觉得你可以写。"她以为她和他互有情愫,走到一起,只需再多一点时间、机缘和勇气,所以,这段话是陈述,更是期许,是煽动。自负的她不到幻灭都不会懂得,她对他的煽动就跟对他的爱情一样无望,犹如在水泥地里种花。不过,对于这一不必太当真的煽动,我倒是若有所思。

首先,煽动说不定只是针对张柠自己,他就是要借人物之口对当下文学的无根、无力状态做出最毫不留情的宣判(王尔德说,人在坦诚相见时最容易伪装自己,给他一个面具吧,他就会对你说真话。[1]她和他以及其他的人物都只是张柠的面具,只有戴着他们的面具,张柠才会对那些抬头不见低头见的作家朋友说出批评家张柠未必说得出口的狠话),然后庄重宣告:我觉得我可以写,我必须写出一个当下来,《三城记》的写作就是一次直抵当下、撕开现实之皮的努力。顾明笛及其背后的张柠当然清楚,书写当下是难的,因为正在发生的事看起来很鲜活,其实只是"一堆无意义的碎片",没有语法,没有起承转合,无法连缀成"一个完整的故事"。朱天文也表达过类似的苦恼:"就像大力士可以举起比他自己还要重的东西,可是没有办法举起他自己。人总是说不清自己的当代。这是我们遇到的困难。"[2]不过,说不定会有例外呢,就像朱天文诉说自己的沮丧,正是为了凸显小津安二郎不可思议的能力:小津一直把他的镜头沉默而执着地架在他的同代人的面前,记录着他们的欣悦和忧伤,他没有语法,影像本身赋予他语法,他没有起承转合,生活就在起承转合之外乍现自己的隐秘。于是,张柠为什么就不能是不可能的另一个例外?要知道,例外并不否定不可能,它是不可能的封口,令不可能得以完成。但是,张柠所面临的任务显然比小津来得更艰巨、更无望。小津的时代,

---

[1]【英】奥斯卡·王尔德:《谎言的衰落:王尔德艺术批评文选》,萧易译,江苏教育出版社2004年版,第159—160页。
[2] 朱天文:《天文答问——写作,新电影,最好的时光》,见《煮海时光:侯孝贤的光影记忆》,【美】白睿文编访,朱天文校订,广西师范大学出版社2015年版,第544页。

节奏还算舒缓,任务也较为单一,他就是要用家庭的温柔、琐碎的力量弥合被战争粉碎了的日本社会。张柠则置身于二十一世纪的崭新现实,它的速度就是"复兴号"的速度。这样的速度最大程度地榨干了空间,使空间虚化,无限地放大了时间,使时间绝对化,绝对的时间要求绝对的速度,它的律令是,快,更快些!重置了的新时空里没有主人,大家都是误入者,都被它的速度重重地抛下,被抛下的人们分有同一种感受:挫败。挫败的顾明笛说:"面对城市生活,不要说讲故事,就连活着都是累赘。"那么,同是误入者的张柠凭什么有底气呈现又该如何去呈现这个重置了的于是也就是错乱了的新时空?

其次,既要写出一个当下来,张柠便顾不得影射和生吞活剥的嫌疑,让当下诸多典范的人、事、物改头换面地出现于他的笔端,比如"蓓蕾新理念作文大赛"之于《萌芽》的"新概念",《小说精华》之于《小说选刊》,《文艺月刊》之于《人民文学》,就是无数个它们一起组构成了一个烈火烹油的当下。有趣的是,它们只是《三城记》的背景,张柠决不会让它们走到小说的台前,他还要让自己的人物从背景中貌似软弱其实是极坚定地游离出来。比如,顾明笛和他的几位老同学都是"新理念"的获奖者,他们很早就把自己嵌进背景,他们原本就是背景的一部分。但他们迅速从背景中抽身而出,既不做市场青睐的写手,也不弄所谓的"纯文学",而是一门心思地创作一些无以名之的"读物"。利奥塔早就分析,后现代的知识不再根据自身的"使用价值"和重要性得到传播,而只是为了流通而生产,这一状态对于每位知识的生产者都意味着或软或硬的威胁:"你们应该成为可操作的,成为可通约的,否则就消失吧。"① 这些无法被命名、不可能被通约,单是专注于自身的"使用价值"的人们注定是这个"量贩"时代的游离者、失踪者,试图通过他们去写出一个他们与之若即若离的当下,不就如同缘木求鱼?张柠的逻辑是,就像本雅明笔下的闲逛者掌握着城市的秘密,这些游离者因为从背景中"脱序",所以才能更精准、更决绝地洞穿背景,他们理所当然地成为时代最忠实、犀利的观察者。但是,问题依旧存在:大家都是新时空里的挫败者,这些游离者是挫败得最彻底的一群,他们连活着都不被允许,都觉得累,哪有余裕思索活着这件事,那么,张柠为什么偏偏选中他们,特别是顾明笛?

二、也是一个"白痴"

还是回到那一次谈话的现场。张薇祎的闺房里"摆满了各种书",顾明笛却有意无意地略过它们,径直看到床边小书架上放着一套《托尔斯泰小说全集》,或者说,张柠就是要让托尔斯泰的小说从一堆面目模糊的书籍中浮起,别无依傍地摆在那里。这一特写镜头强烈提示着张柠的俄罗斯文学出身,我有理由猜测,第一次写作长篇小说的张柠怎么可能不向自己所熟

---

① 【法】让-弗朗索瓦·利奥塔尔:《后现代状态:关于知识的报告》,车槿山译,生活·读书·新知三联书店1997年版,第3页。

稳、钟爱的俄罗斯文学传统致敬并回归？很快，张柠又将由顾明笛的"抽搐型"人格说到陀思妥耶夫斯基的癫痫病，操练癫痫病这一俄罗斯文学"行话"，当然不是炫技、掉书袋，而是张柠对于自身文学血脉的又一次确认，说不定还是一次提醒：陀氏笔下最著名的癫痫病人是《白痴》的主人公梅什金公爵，也许，一切应该从这个"白痴"说起。

"白痴"既是指癫痫病发作，正常状态被瓦解的病态，是最低级的；更是指一种由癫痫病（比癫痫病更极端的是"假死"）所引发的灼烫到冰冷、因为剧烈骚动所以又无限宁静的如同一张白纸的状态，它不是空无一物的"无"，而是绝对饱满的"有"，接踵而至的绝对的"有"像一个又一个闪电炸开天穹，将照亮人类暗夜里的路，所以，它又是"最高级存在"。这样的状态排斥现实逻辑，日常生活中重要的一切在这里都是无足轻重的，无足轻重的反而沉重起来，沉重到不解决它们，就无法呼吸，日子就过不下去，甚至不值一过。于是，"白痴"梅什金公爵只会为终极性问题或者叫"被诅咒的问题"辗转反侧。比如，他说："对杀人者处以死刑，是比罪行本身不知要重多少倍的惩罚，根据判决杀人，比强盗杀人不知要可怕多少倍。"再如，他在巴塞尔看到霍尔拜因的《基督在棺中》（仿作），信仰几乎轰毁，因为死后的基督分明只是一堆被弃的肉身，"道成肉身"何以可能？"道成肉身"如果只是神话，必然的逻辑后果就是虚无主义的大行其道。就这样，公爵以最脆弱的肉身承载着"最高级存在"，他必然恍惚，眩晕，出神，头脑一片空白，

洞穴与后窗

并在一片空白中听到神启。

顾明笛有失眠症、便秘症。只有钻进睡袋,就像回到子宫,在黑与静的全面包裹中,他才能睡去,并在睡梦中与自己所恐惧的人们又一次遭逢。他丧失了正常生活,是公爵一样的病人。这个病人还经常爆发一阵阵剧烈的语言抽搐,"就像癫痫症发作时喷出的泡沫"。这是圣灵一样的"最高级存在"降临到了他的身上,他就是公爵似的"白痴"。抽搐的时候,他的大脑飞速运转,随时会炸裂,就像钨丝在熔断前突兀又绝望的明亮。于是,他能够厘清"精神性厌倦"与"肉体性厌倦"之间微妙却又斩决的差异,会把两具肉体的激情相遇、碰撞与两个灵魂的彼此抚慰和融入截然分开,并把前者称为"爱",后者称为"恩"。请注意,他绝不是因为自己的情感受挫才生发出这一系列环环紧扣的思考(他唯一一次情感受挫,是与何鸢,他怀疑自己被她玩弄,随即浮皮潦草地给自己戴上了一顶俄罗斯"多余人"的帽子,不再深思,也不再感伤、怨艾,这是他的思索之非切身性的又一个例证),他甚至注意不到他正在有可能跟他发展下去的彭姝面前抽搐不止。此时的他被她误认为理性、冷血,"推理的热情大于感受的热情",永远领会不了爱情的神秘之美。殊不知"最高级存在"正在突袭他,他只能被动地等待抽搐在他身上完成自己的一个周期。那次红包事件同样如此。他不是从自己的委屈出发,而是把自己完全抽离出来,客观、抽象地看待此事,并把它推向极致,思考"契约和道德"的两难这一终极性问题,由此写出一篇"红包忏悔录"。间歇性的语言抽搐不单表现在"说",还体现于"写",或者说,"写"不过是一种根本不必在意有没有人"听"所以来得更纯粹、更歇斯底里的"说"。他跟公爵一样喜欢写信,写信无关乎抒情,而是要把"最高级存在"骤临时自己所窥见的却又因为言说能力被摧毁所以无法言说的秘密一股脑道出;一样钟爱记日记,不记事,事太琐碎,与日常生活太粘连,他要记下自己的心路历程以及疯癫之眼所瞥见的稍纵即逝的真相。

把"我"从"我思"中刨除,整个人都为"最高级存在"所攫,顾明笛就不得不是头重脚轻、失魂落魄的。他时刻思索着这个谜一样的世界,却又始终与之隔着一层;他爱每一个人,却又因为这份爱所以丧失了爱某一个具体的人,特别是女人的能力。他是爱无能的。于是,他时而是"左倾机会主义的盲动",时而是"右倾保守主义的冷漠",总之不能恰如其分地对待任一个特定的女人,从而先后错失了张薇祎、万嫣、彭姝、童诗珺……公爵同样爱无能。他领悟到,他对纳斯塔霞,"不是爱情,而是怜悯",是怜悯在他心中汹涌起不是爱情的爱意,越心痛,就越心爱,越心爱,就越心痛。爱一个女人尚且不能,"白痴"还能有什么其他的行动能力?于是,"白痴"只是一个无法现实化的绝对理念,他带来光,不过,是冷光。有趣的是,乌先生有一整套"行动哲学":"面对未来的希望,面对当下的决断,面对过去的良知,构成了完整的行动哲学。"就是在"行动哲学"的感召下,顾明笛才萌生出离开上海、去北京发展的念头。那么,到了北京,他真能"动"起来吗?

三、让他们依次刻写下他们的印记

关于北京，顾明笛一开始满是幻想。在他看来，与精致却偏狭的江南文化大相径庭，以"粗暴且奢侈的帝王文化，悲壮凛然的古燕赵文化"为底子的北京文化粗糙却大气，它能把《青年杂志》一夜间点化为《新青年》，能让刚刚涌出地面的现代文明观念的细流汇聚并奔流成浩瀚的"新文化运动"。这样的北京真是让他"蠢蠢欲动"啊，而他幻想的集中点，就在于一个"动"字。但是，一到北京，他就从沿街古建筑屋檐上红蓝相间又带点灰的色彩中感觉到了死寂。他觉得，那是一种奇怪的、非自然的颜色，鲜艳却缺乏生机，"它原本应该具备的活力，仿佛被墙上的死灰色所包裹，变成一种蕴含着死亡气息的耀眼色彩"。不管北京原本就是死寂的，还是被死寂的他看成了死寂，此刻的顿悟或者是抽搐已经给他的北京之行蒙上了阴影，他的身体注定穿越不了他的思之泥淖，他从来不是生活在某一个具体的地方，而是存在于他的思之中。果然，除了那次西部沙漠污染调查，他几乎没有"动"过，只是被动地从《时报》的一个岗位调到另一个岗位，再从《时报》来到 B 大——身体的位移不是"动"，而是一个幽灵在游荡。他从来没有力量和意愿把自己嵌入某一个点，再从这个点绽出他自己。B 大生涯的终点，是他撕碎写了大半的博士开题报告，扔出窗外，纸屑漫天飞舞。这一举动就像纳斯塔霞把十万卢布的包裹扔进壁炉，朝着火焰更对着世人做出傲慢、戏弄、挑衅其实是绝望的嘲笑。她疯了。

一个"白痴",在反本质的城市里游荡

不过,不同时代的疯子、"白痴"所受到的对待却是相别云泥的,因为疯癫原本是现世的万千状态之一种,只是在理性愈益占据霸权以后,才被一步步排斥成例外的。于是,19世纪俄罗斯的"白痴"们因"愚"而"圣",他们就是俄罗斯大地上司空见惯的"圣愚",而顾明笛却被关进了精神病院,并在稍做静养后,为了免受进一步的刺激和歧视,不得不重新开启另一段旅程——广州。广州不会是终点,而是中点,可以想见,他还会一再地游荡,用他的肉身勾连起更多的城市。在去目标、无方向的游荡中,他注定要跟形形色色的人们遭逢,并错失,每一段遭逢之后、错失之前的经历就成了小说的一个小小段落,而段落之间又是了不相属的,前面的绝不为后面的做铺垫,后面的也绝不为前面的做说明,这样的结构,颇类似于鲁迅眼中的《儒林外史》:"惟全书无主干,仅驱使各种人物,行列而来,事与其来俱起,亦与其去俱讫……"① 对此结构法,我有几点阐明:一、顾明笛从上海到北京再到广州的轨迹,被张柠用章节标题概括为"沙龙—世界—书斋—民间"。有趣的是,四个章节形成了从沙龙到世界、再从书斋到民间的循环,每次循环都是一次由"正"而"反"的过程,缺少"合题",于是只能一再地重复,构不成上升的螺旋。也许,在张柠看来,上升的螺旋只能发生于约翰·克里斯朵夫的时代,只有那个时

---

① 鲁迅:《中国小说史略》,《鲁迅全集》(第9卷),人民文学出版社2005年版,第229页。

代的人们才有福在天使的引领下走向生命的彼岸。二、跟着顾明笛的到来而出现又随着他的离开而消失的人们并不作为他们自己而存在。他们还不是人物，他们在小说中并不拥有自己的过去和未来，只是作为即时当下的自己与顾明笛产生片段性的关联。张柠当然无意于把这样的人们聚拢在一处，由此勾画出这个时代的众生相。说不定，张柠认为这是一个反本质的时代，哪有什么典型环境里的典型人物。三、小说的某些段落不妨视作学界现形记、新闻界现形记，但执着于"幻想"的张柠并不想做什么谴责小说，否则他怎么会挑这个因为爱无能所以一定恨无力的"白痴"来串联起全篇，怎么可能让刘炜阳、朱志皓这些距离成为一个典型人物只有一步之遥的佞人"泯然众人"？四、顾明笛没有根和卷须，攀附不住任何坚实的东西，却也正因为无力攀附，才使自己不必嵌入某一地点，从而避免被固化、吞没的命运。他就像一股水，在不同城市中流动，随物赋形，"物"在他的"形"中最终看清了自身。所以，他是一个纯净的灵魂，卫德翔们在这个纯净的灵魂上依次刻写下自己的印记，于是，他们的声音和思索就再也不会被忘记，而是一起组构成一个杂沓、喧嚣的现世。这就好像只有在"白痴"面前，列别杰夫们才第一次拥有了一个诚实的倾听者，他们可以开口说话了，并在自己的"说"中扎扎实实地感受到自己的"在"。

四、另一种历史的终结：时间从空间中消失了

前面说过，"复兴号"榨干了空间，使时间之维绝对化，

一个"白痴",在反本质的城市里游荡

谁扼住了时间的咽喉,也就掌控了时代。但是,飙升的速度难道不是首先杀死了时间,再重构空间,使之布展于我们的面前?列斐伏尔说,现代性的特点之一就是对时间的排除,时间从空间中消失了。曾经,时间才是我们的栖居,是我们的目的论,是一股让我们喟叹的悲风,"千年王国"、世界大同等构想莫不以时间为坐标和准绳。张柠却敏感到,时间淡化了、消失了,标志之一,就是顾明笛的无目的性,他从来不是"要"怎样并在某个时段的尽头得偿所愿或者失路悲鸣,而是始终如自身所"是"地游荡着。游荡着而不是朝前方径直走去的他是反成长的,处于岁月风雨之外,以至于我每每疑惑:一晃好几年了,顾明笛怎么不见老?张柠甚至抽去了写作本身的时间性。在题为《倒行逆施日未晚》的"后记"中。他说,现代小说都是成长小说,但他所认定的写作却是"反成长"的,带有"返回母体"的冲动,符合"逆向而行"的生命诗学——时间的本质特征是不可逆性,"逆向而行"就是一举粉碎了时间。我想,粉碎时间既是这位"操纵皮影的老头子"对于时间有所"畏"之后的造反冲动,也是他领悟作为虚构、虚伪、虚幻的写作的嬉戏属性的一种方式,更是他对于当下现实的洞观:时间消失了,历史终结了,元叙事瓦解了,前方不再是我们唯一的方向,方向本身甚至已被放逐,我们就在朝向四面八方一味地铺陈开去因而卸去了重力和本质的空间里游荡。

于是,唯余空间,由三城勾勒出的空间。请注意,是城市,是三城,去时间的空间只能是城市,再也不存在未被污

洞穴与后窗

染的自然（小说只写到"皇家猎场"和武威等少数几处乡土，却无一例外，都是恶土，那里没有鸢飞鱼跃、采菊东篱，有的只是受伤的野兽、黑臭的沙土和败坏的人们），空间首先以及最终都是社会的空间，人化的空间，也就是，城市。如此说来，张柠是一位极罕见的拒绝怀乡病的50后作家，他把"田园将芜，胡不归"创造性地改写成"田园已芜，如何归"。他即便偶尔回归到传统，也只能是回到把诗性和人文性完美结合在一起的江南园林——这是顾明笛日记里转述的乌先生的高见，乌先生所谓的人文性，也就是自然的人化。就这样，一个"白痴"，在反本质的城市中游荡。反本质，就是城市这一时代的唯一"应许之地"的本质，游荡则是抵达反本质的本质的最后可能。我真的害怕顾明笛娶了劳雨燕，一起回保定开发那片乡土，因为那就是跟张薇祎、彭说宾他们一样嵌入了社会，而嵌入不过意味着僵死，只有游荡者才是这个时代的歌手，我们从他的心醉神迷和心烦意乱的歌吟中依稀看清了这个看不清的时代。

　　需要说明的是，作为写作者的张柠不可能没有本质化的冲动，写作这一行动不就肇因于一种形而上的饥渴？所以，在"后记"中，张柠一反顾明笛其实也是他自己的悲观言论，声称写作此书就是要跟着顾明笛一起，"将破碎经验变成整体情节，将碎片生活变成意义整体"。但是，只要尊重现实，发愿写出一个当下来，张柠身上的形而上残余就不可避免地遭遇挫败，挫败的重要标志就是他把狄更斯的"双城"改写成了"三城"：

"双"就是好与坏、智慧与愚蠢、信仰与怀疑、光明与黑暗、希望与绝望、天堂与地狱的两极对立,两极经过辩证即可抵达"合题",抵达"一"。"一"就是本质,就是狄更斯对于他的时代的判词;"三"不是对于两极对立的丰富,而是摧毁,于是,这里不再有"合题",不可能得到"一",有的只是不尽的绵延、分岔、蔓生……

大合唱和一张脸
——论《春潮》

中国七十年来波折、"炸裂"的发展一路生成了多个各有精神底色的代际。因为精神底色的无法通约,这些代际之间注定是错位甚至撕裂的。平日里被掩盖、遗忘的撕裂在两种典型时空中绽露出由来已久的断口,断口吞噬着每一颗心灵:一、现代社会是一个由陌生人组成的无机社会,春节就像一架巨大的转换器,把人们暂时性地抛回熟人世界,被熟人包裹着的人们不得不直面亲情的温暖和重压;二、群聊,特别是家人群,把分散各处的人们投射到同一块聊天界面上,他们紧紧地挨在一起,就同一个话题发表着截然不同的意见,他们这才发现,他们不过是一群有着血缘关系的陌生人,血缘越亲近,陌生感就越强烈。2020年春节前夕爆发的新冠疫情把这两个时空叠加在了一起,人们的身体被困在同一个屋檐下,微信账号又被拉进同一个聊天群里,他们在现实和虚拟的世界中全方位地济济一堂、面面相觑,由此感受到断口深处的寒冷、敌意,他们甚至会在一种自毁的冲动中把断口撕得更大,好吹进一些新鲜的风。最彻底、最残酷的撕裂发生在这样的两代人中间:你从集体、革命的浪涌中走来,一路唱着"我和我的祖国",你只有在群体中才能寻找或创造属于自己的意义,而群体不过就是你的一种延伸,我则是一根"葡萄藤因幻想而延伸的触丝",我首先以及最终都是我自己的,一米线是最让我安心的社交距离;你认为男大当婚、女大当嫁,婚嫁到一起的男女再"复制"出一个后代,这才算是完成了正常的人生,我却宣布我的精子、卵子、子宫我做主,我的力比多狂潮是开花结果还是始终在"耗费"都是我自己的事,无关乎任何他者,否则就是不可救药的残缺……

这一被疫情凸显、放大的撕裂竟在2019年由杨荔钠在《春潮》中先行揭出,让人不由得赞叹艺术家的敏感,或者说,最深刻的那道伤口早已在艺术家的心头无可挽回地裂开。令人印象更为深刻的是杨荔钠揭出断口时的心狠手辣,容不得一丁点的转圜、和稀泥。这也许源出于她天性的锐利,也许是因为她实在太清楚社会赖以运行的前提就是对于断口的弥合和遗忘,揭出断口的行动一定会被弥合、遗忘的冲动所收编,被轻描淡写的断口甚至会反过来促成甜蜜的(伪)和解,于是,她必须更决绝、更歇斯底里地把断口喊出来。被大声喊出来的断口就像一根刺,卡住了所有的喉咙,所有人都必须拔出自己的"喉中之刺"。

洞穴与后窗

请凝视这一张剧照。三代女人走成一排，其乐融融，实则各怀心思：姥姥纪明岚昂首挺胸、睥睨一切，却也许不过是色厉内荏；妈妈郭建波低着头，微笑，有点羞怯，又有点成竹在胸；小学生郭婉婷居中，挽着姥姥和妈妈的胳膊，她是她们的纽带、黏合剂，更是她们争夺的主战场。这幅图看起来是超稳定的，因为有一条居中的锁链死死地扣住两端；又是脆弱的、一触即溃的，因为锁链就是镣铐，就是炸药包。这样的画面像极了把断口遮住于是岁月无比静好的现世。再往深处说，剧照是叙事流的一个横截面，横截面可以是三代并峙的，而叙事流一径朝前流淌，它一定有一个动力源，或者叫叙事人，叙事人则是专断的，他/她是自己的叙事世界的上帝。《春潮》的叙事视点并不统一，镜头一般跟着郭建波走，拍她所看到、听到的，偶尔又会溢出她的视点，展现一些她所不可能看到、听到的。不过，视点的杂沓改变不了她的视点毕竟占据主导地位的事实，是她在审视着母亲和女儿（女儿有时是一个天真烂漫的女孩，一个"自然"人，这个人让她欢喜；有时则是姥姥的镜像、造物，一个小姥姥，这个小姥姥让她无奈甚至恐惧），也只有她拥有独白的权利，可以把自己的心路历程一一说给观众听，而独白就意味着催眠，意味着你对于我的无保留的认同。从这个意义上说，《春潮》是郭建波、杨荔钠这样的70后所单方面讲述出来的"原生家庭"的酷烈的伦理剧，是70后对于热衷于广场舞、大合唱的40、50后的一次"审母"乃至"弑母"行动——后来，纪明岚真的缠绵病榻、昏迷不醒了，郭建波自言自语道,好安静哦,你安静了,这个世界就安静了。

纪明岚一直在张罗社区的老姐妹们排练大合唱《我和我的祖国》,比赛即将拉开帷幕之际,她却倒下了。于是,影片出现了一个有趣的镜头拼接:病床上的纪明岚双目紧闭,再也不能放歌,紧接着就是一群大妈身着红色礼服在舞台上引吭高歌。那些大妈是她的同代人,她们和她都认定自己是大海的一朵浪花,而浪花总是一排排地从大海深处奔涌而来的,谁见过形单影只的浪花?于是,她们最"上手"的娱乐就是大合唱、广场舞,最令她们惬意的位置就是壮阔队列中的一个点,这个点只有在队列中才能找到自己的归宿。问题随之而来:无数个点站出一个大合唱的整饬队列,无数嗓门吼出一个大合唱的嘹亮歌声,这样的队列和歌声本身追求的是秩序和气势,无所谓个性,面目模糊,而那些依存并消融于它的个体就更不可能有什么个性了,她们是一群"无脸人"。想想镜头扫过的大合唱队列里的一张张脸吧,没有任一张脸能够刻写进观众的记忆;再想想大家津津乐道的"中国大妈"吧,这是一个没有脸的能指。什么是脸?脸是聚拢,是命名,是先于所有器官的印记,是开口说话的源泉。这样的脸,只有人才可能拥有。《狗十三》中的真"爱因斯坦"丢了,继母塞给李玩一个假"爱因斯坦"。继母的逻辑是,同一种狗之间能有什么区别,它们又没有脸;李玩则坚定地认为,这不是我的"爱因斯坦",而她的坚定只是出于自身情感的投射,而不是基于对于狗之脸的把捉和认领。至此,《春潮》的重大意义就水落石出了:大家都在说"中国大妈",说长辈对于自己的不理解和横加干涉,但"中国大妈"终究只是一群淹没在大合唱队列中的"无脸人"。"无脸人"如何具备真实的杀伤力?这一次,杨荔钠从大合唱的队列中游离出纪明岚/金燕玲的脸,这是一张嚣张的脸、深情的脸、狂喜的脸、恐惧的脸,总之,一张神经质的脸,这张脸就是我们的母亲,就是我们既爱且恨的"中国大妈"。

就这样,"中国大妈"被赋予了一张纪明岚/金燕玲的脸,有了这张脸,她们就是主体可以把捉的意向对象,而郭建波所有的郁结也才有了发泄、指责的出口——她总不能去指责一个没有脸的能指。郭建波过得不如意,她的不如意当然不全是由纪明岚手造,但她自可以把一切都归罪于纪明岚,这样,她才是干净、无辜的。于是,她恶狠狠地对着病床上的纪明岚说:你要我找一个好男人,过体面的生活,我不,我就要你看见我现在的样子。此种干净、无辜的自我认同,其实出自杨荔钠。在接受《钱江晚报》采访时,她说:"我们这代才开始挖掘建设健康舒适的原生家庭。"我们这代"才"开始健康,纪明岚那代当然就是病态的,我们这代健康的前提,就是把那代的脓疮挤掉,挤干净。郭建波以及杨荔钠的自我认同显然是一种致命的幻觉,它的荒诞性体现在两个方面。首先,哪个人是干净、无辜的,哪个家庭是"健康舒适"的?这是一种自负到无知的假想。其次,对象的脸让主体把捉对象有了把手和可能,但脸的复杂就在于它的不可把捉。脸是一幕幻象,一个深渊,一种拒绝,脸从来就不可能是主体的意向对象——谁能说得清楚一张笑意盈盈的脸背后到底是什么?利奥塔讨论列维纳斯之"面容"概念时说:"脸是绝对'他者'的在场,唯一名副其实的对象,我们不围着它打转,它不属于可感者……"①但是,郭建波就是把作为绝对"他者"的纪明岚当作意向对象,纳入主体的自我认同过程之中。自我认同过程真是漫长、艰辛,它需要一个屈辱的蛰伏期,屈辱到就算把手扎进仙人球都不能说上一句话;又是那么的汹涌、酣畅,以至于郭建波必须来上一段长达七分钟的超级独白,才能把情绪宣泄出来并稳稳地收住。杨荔钠意识不到的是,作为郭建波的意向对象的纪明岚被剥夺了主体性,她只是一个符号,一个虚拟的靶子,她那么生动、复杂的一张脸被无情地卸下,她还是一个"无脸人"。

其实,说不定纪明岚也有满腹的心事,只是郭建波和观众们注定听不到,也不愿听。纪明岚的心事没人愿意听,那么,一股春潮所引发的和解又从何谈起?难道和解只需要发生于郭建波和郭婉婷之间,而纪明岚的代际已经被先行删除?

---

① 【法】利奥塔:《话语·图形》,谢晶译,上海人民出版社2011年版,第3页。

洞穴与后窗

一颗一直飞下去的子弹
——论钟求是《等待呼吸》

一、作为符号的莫斯科

在写作《等待呼吸》之前,钟求是没有去过俄罗斯,更没去过莫斯科,他是在小说写完之后才去了一趟莫斯科,去的用意在于看一看真实的莫斯科到底是什么样子的,由此来验证这一部从莫斯科始发的小说在细节上是否准确、可靠。这是一个有趣的症候,说明莫斯科、俄罗斯之于钟求是以及他的同代人并不是一种实体性存在,而是一个符号,一个和理想、信念、浪漫、情怀相关的符号,这个符号与实体并没有多少关联,它甚至必须遮蔽、扼杀实体,才能确保自己的优先性。① 不过,

---

① 我的讨论之所以有理由从钟求是"这一个"延展到钟求是"这一代",是因为在写作《等待呼吸》的时候,钟求是一再地诉诸"我们",他有着为"我们"立言的强烈冲动。作为20世纪80年代的大学生,他这样描述自己所属的代际:"我有时候想,20世纪 60 年代出生的人还真是有点不一样。我们也世故,我们也狡猾,但我们中的一些人总归还存放着当年的情怀和向往,这在遍地忙碌的利己主义者和拜物主义者中间,悄悄成了一种难得的存在。"《拭去"理想"一词的灰尘》,《文艺报》2020 年 6 月 29 日。

符号又需要实体来验证，这倒不是因为符号是假设性的、可证伪的，而是要进一步夯实符号之于实体的绝对优先性——符号总是对的。这一逻辑，颇类似于张爱玲所说《色·戒》的写作与本事的关系：郑苹如诱杀丁默村这一出"美人计"近年才以回忆录形式得到披露，"记得王尔德说过：'艺术并不模仿人生，只有人生模仿艺术。'我很高兴我在一九五三年开始构思的短篇小说终于在人生上有了着落。"①我想，到了莫斯科的钟求是可以像张爱玲一样多少有点得意地说：在心里想象了多年的莫斯科终于在现实中"有了着落"。被实体所验证的符号越发拥有了正确性、优先性，哪怕实体早已沧海桑田，符号还在，一定在，像是恒星——莫斯科及其表征着的革命激情就是钟求是这一代人的恒星。

以莫斯科为中心，形成了一个符号体系，这一体系始终被宏大的概念、恢宏的情怀填得满满当当，没有给日常生活留下多少空间，日常生活的困窘、匮乏还从反面进一步激发了那些概念、情怀。它的危机时刻是，它的精神源头——马克思主义——遭遇了哈耶克理论。哈耶克在不断地质疑、改写着马克思，后来的马克思主义者不得不一再地论证"马克思为什么是对的"，而他们的证明已经是马克思主义的"延异"。就这样，这个符号体系一直被马克思和哈耶克这两股相反的力量拉

---

① 张爱玲：《〈续集〉自序》，《张爱玲集·郁金香》，北京十月文艺出版社2006年版，第466页。

扯着，并最终完全地倒向马克思（起码是在钟求是这里）。片刻犹疑之后倒向马克思的过程真是一种销魂的体验，销魂到因为窒息所以就要喷发、爆发，就像"等待呼吸"这个标题所揭示的那样。甚至可以设想，如果没有过在马克思和哈耶克之间的犹疑，倒向马克思的体验就未必来得那么销魂。要知道，犹疑才是走向销魂的最美妙的"前戏"——信仰的坍塌对于信仰者是绝望的，但坚定或者重建信仰却是一种妙不可言的体验，后信仰时代的人们不配拥有。需要强调的是，犹疑与坚定之间的辩证不是俄罗斯人而是作为旁观者的中国人的心路，旁观者比当事人更能全面、准确地把捉本质，这一事实由杜怡的一句隽语轻轻揭出："一只中国相机，记录了苏联的一天……"

执着于马克思和他所建构的信仰系统的命运，钟求是所塑造的夏小松就不只是一个人物，更是一种仰望的姿态，一串抒情的声音，一个金光灿灿的符号。于是，夏小松在胸膛上文了一个马克思头像，这个头像反过来把他的肉体一笔删除。他当然是有雄性魅力的，不由分说地征服了杜怡，但他的雄性魅力并不是来自他的肉体，而是来自马克思、莫斯科以及那个失去了的信仰的时代。钟求是与信仰时代的前辈们一样，言之凿凿地告诉我们，信仰是雄性的，雄性的信仰需要自己的温婉可人的雌姓配偶，雌性有多温婉，信仰的雄性气质就有多昂扬、勃发，就像马克思和燕妮、列宁和克鲁普斯卡娅。那么，夏小松怎么可以没有自己的杜怡？或者说，杜怡是谁并不重要，重要的是一定要有一个杜怡一样的角色存在，杜怡是夏小松的标配,就像作为骑士的堂吉诃德怎么可以没有自己的杜尔尼西亚?这样一来,杜怡也许就只是一种臆想,一种出于男权、出于雄性信仰的臆想,她先后行走于莫斯科、北京、杭州、温州、晋城,她的肉体也会与另一具肉体交合,但她的灵魂一直萦绕于活的或者死的夏小松,她从来就没有她自己、不是她自己,她只是大写符号的一个补充说明,一个不可或缺但太过悲怆的补充说明。

二、"死活人"与"活死人"

夏小松必须死掉,死于莫斯科白宫广场上的一颗流弹,因为他所信奉的体系就是在那一刻无可挽回地坍塌的,他只能以身相殉。诡异的是,他只有死了,才是不死的,就像那个信仰系统死了,也才是永恒的。齐泽克从拉康理论生发开去,说,存在两种死亡,一种是真实的、生物学死亡,一种是符号性死亡,"结账"。哈姆雷特的父亲死了,但没有符号性死亡相伴,没有"结账",他就还没有死透,必须作为幽灵一再返回,直到他的债权得到清偿。[①]信仰系统的肉体死了,却迟迟等不到它的符号性死亡。夏小松的肉体死了,同样等不来自己的符号性死亡,他只能身镶着一整套信仰系统,作为幽灵,一再返回到杜怡以及钟求是这代人的世界,等待着最终的"结账"。所

[①] 【斯洛文尼亚】齐泽克:《意识形态的崇高客体》,季广茂译,中央编译出版社2001年版,第186页。

以，夏小松和他所服膺的信仰系统就是一只"幽灵的手"，这只手伸进了杜怡其后的生命，感召着她，控制着她。她感到幸福，又感到疼痛，就像那根手指捅进她的身体深处时，她痛叫一声，眼里溢出汹涌的泪水。夏小松"幽灵复归"的典型方式是，北京的半地下室，每个晚上，她喝几口黄酒，写一段两个人的往事，莫斯科河边咖啡店的约会、莫大图书馆的共读、"立陶宛"电影院散场后重返影厅的相偎，等等，接着点火烧掉。叙事人这样分析："每一段回忆的重现，都让她与夏小松见上一次面。每一回纸稿的焚烧，都是她跟夏小松的一次道别。道过别之后，这个夜晚的睡眠就轻松一些。"不道别，就没法获得安稳的睡眠，因为幽灵还没"结账"，她只有一再地与幽灵见面、道别、再见面，才能抚慰幽灵的没着没落，并平复自己的焦虑。但是，见面、道别的循环本身就是不安稳，幽灵也正是在这样的循环中延续了自己的"生命力"的，这样一来，死过一次的幽灵不再有死亡。

有趣的是，小说发生了两次文身事件，一次是他把马克思文在自己胸前从而被彻底地符号化，一次是那个蠢蠢欲动的下午，她对他说："我喜欢这个下午……你在我身上文出了你。""文"是一次刻写，是一种勾魂术，她活着，其实已经失魂落魄，她成了一个幽灵。不过，"幽灵她"并不同于"幽灵他"。齐泽克说，一个有机体的整体不只是由两个互补的部分（内/外、生/死、灵/肉）组成，还存在着"一种扰乱有机整体的双重增补"，具体到生/死这一组对立，"它的增补既是居留于象征界外部的活死人（living death），是只在实在界之疯狂中持存的身体，同时也是象征机器本身的死活人（deathly life），它'表现得好像它拥有一种它自己的生命似的'，虽然它并不拥有"。[①]哈姆雷特的父亲是"死活人"，死了的他依旧拥有自己的意志，能够"幽灵复归"，驱策儿子为自己复仇。夏小松就是"死活人"，虽死犹生，以缺席的方式在场，他始终是杜怡的皈依、律令，杜怡活着的唯一使命就是聆听他的讯息，延续他的生命。安提戈涅则是"活死人"，她还活着，但被排除在城邦共同体之外，提前迎来了自己的符号性死亡。就像她自己所说："我既不是住在人世，也不是住在冥间，既不是同活人在一起，也不是同死者在一起。"杜怡就是"活死人"。她不属于任何共同体，绝对的孤立，这既出于共同体对她的排斥，也是她的主动选择，她径自萎谢了。这一虽生犹死的状态，章朗看得格外分明："其实我见到她的第一眼，就判定她还不属于某个家庭，也不属于某个男人。我不明白这种感觉从何而来，也许是因为她身上那种孤单的气息吧。"绝对孤立的她只听从一个内在的声音，幽灵的声音，肉体则被遗弃在现世，像是一堆累赘。

作为"活死人"的幽灵的显著表征，就是肉体处理的随意性，越随意，就越能说明幽灵与现世的隔绝，以及与作为"死

[①]【英】托尼·迈尔斯：《导读齐泽克》，白轻译，重庆大学出版社2014年版，第92页。

活人"的另一个幽灵的隐秘、本质的关联，因为此处的肉体不受任何象征秩序的规约，它甚至渴望自毁，从而让自己的灵魂早日与另一个灵魂重逢。于是，杜怡可以铺展出自己的肉体，让野狐禅书法家泼墨，可以跟不爱的男人疯狂做爱……要知道，跟夏小松恋爱时，她的身体把控得多么张弛有度啊，叙事人分析："杜怡跟夏小松的身体相处，总的调子是放而不肆、彻而不底，未让情况失控过。"把控有度，是因为灵肉谐振，当她沦为"活死人"以后，肉就成了死肉，死肉越是嚣张、失序，就越说明它已经死透了，嚣张、失序正可以看作是对于失去了的生命的招魂。肉之死的典型呈现，就是她周期性地启动昏睡模式，没有梦，地老天荒的混沌，昏睡中的身体只是一枚蝉蜕，一碰，就化为齑粉。

值得一提的是，"死活人"是符号，是象征秩序本身，所以是男的，"活死人"的符号性被删除，只剩下一具在实在界里癫狂的肉体，所以只能是女的。钟求是的性别想象还是有着不少男权的残渣。

三、情怀，注定是不及物的

符号是要书写的，写在哪里？杜怡的肉体。于是，我们看到她的肉体一再受到摧折，从被"死活人"破处（由她引领，那么心甘情愿），到胸口被打上一个血红的"×"（他的胸前是马克思，是大写符号，"×"则是实在界的嘶吼，毫无"意义"），再到手指被砸断（他的手指却是多么坚硬啊）。可是，为什么就是摧折呢？那个小学教师的弟弟胸口也有一个疤痕，酒后拿烟头烫的，说是要在身上留一个"丢失的记号"，而她肉体的一处处残缺不也可以看作是一个个"丢失的记号"？她永远地丢失了他，但有了这些记号，被丢失的人就被铭刻下来，就有了被唤回的可能。由此可见，符号的书写纠缠着虐他与自虐的冲动，是酷烈的。其实，杜怡的世界哪里只是一味在丢失，还有终极的增补。后来，她怀上了章朗的孩子，随即从他的世界销声匿迹，独自生下孩子，叫"老纪"。老纪，纪念谁？当然是夏小松。一个符号给一个血块做了命名，符号从来不放过任何刻写的机会，或者说，符号在对肉体刻写的过程中实现了自己。更神奇的是，杜怡带着老纪回到了夏小松的家乡，出生和埋骨地。在章朗的想象中，老纪由此扎了根，"老纪一点点长大，等于一点点接上了夏小松的血脉"。明明是自己的血脉，他却想象老纪接上了夏小松的血脉。老纪的小脸还既出人意料又合乎逻辑地像极了夏小松，"真他妈的像呀"，章朗一时间"有点激动又有点迷茫"——符号刻写肉体，更改写肉体，肉体只有在被符号刻写、改写之后，才是有意义的，从这个意义上说，肉体易朽，符号长存。

符号真是<u>坚实</u>啊，那颗从莫斯科白宫广场，从历史的深处射来的子弹还在飞着，一直飞下去。问题在于，一直在飞，始终没有击中目标从而完成自己的飞行的子弹会不会并不是一颗真实的子弹，它天生就不可能击中任何目标，就像一把作为打火机的枪？其实，钟求是对于子弹的成色早有狐疑。那次，在

洞穴与后窗

"马雅科夫斯基"地铁站,一个俄罗斯小伙子在拉小提琴,夏小松一时兴起,掏出《资本论》,用俄语朗诵起来,"橘黄的灯光正好打在他身上"。这是戏剧的高潮时刻,杜怡深受感染,在她的深情之眼里,"夏小松的样子有些抒情,他的神情暗淡,精神却饱满,像是进入了资本家反对者的角色"。原来,《资本论》只是道具,里面的段落只是台词,而夏小松在演出一个"资本家反对者的角色",这样的角色扮演根本没有能力"解释世界",遑论"改变世界"?对于以"改变世界"为旨归的马克思主义来说,此情此景多少有些轻浮。不过,在资本时代做一个真实的"资本家反对者",在"拟像"世界里打出一颗实实在在的子弹,就像站在三维空间想象四维空间一样,是不可能的。钟求是所能做的,就是把主义弱化、抽象化为情怀,一种不满于现实的平庸、渴望改变、渴望爆裂、甚至渴望窒息的情怀。为什么会渴望窒息?夏小松说,读马克思就像是潜水,在享受窒息,在"等待呼吸"。"等待呼吸"就是对呼吸顺畅、平和到忘记有呼吸的无聊现实的反叛,只有在"等待呼吸"的过程中,氧气才不再只是生命持存的习焉不察的必需品,而是一种激情,一种燃烧。这样的情怀不必及物,也不可能及物,指向的只是钟求是这一代人自己。就是在这里,钟求是做出一个理论宣判:重要的不是"改变世界",而是改变自己,让过于现实的自己被"理想"(钟求是的关键词)所悬置,所窒息,从而"等待呼吸"。

为了隔离性地看清自己这一代人,钟求是在"第三部"引入章朗这一后信仰时代的视角,在章朗看来,"他们这一代人,心里似乎多存了一些大的东西,譬如理想,譬如情爱"。有理想的,定格于年轻,而浑浑噩噩的,则越活越沧桑了。在沧桑的年轻人的凝视中,杜怡的孤单就不只是被共同体所驱逐,更是清洁、孤傲,一种属于钟求是这代人的清洁、孤傲,这一份清洁和孤傲是他和他的同代人送给下一个代际的叮嘱,虽然也许只是不合时宜的叮嘱。

四、不是结论

那么,夏小松什么时候才能把他的账给结了,从而彻底地死去?也许,《等待呼吸》的写作正是"结账"的一种方式。小说结尾,章朗给夏小松上坟,一缕缕香烟的烟雾冉冉升起,这正是钟求是对于往事的祭奠,对于幽灵的抚慰。不过,换一种思路去想,钟求是一定是被信仰体系的幽灵一再造访,才有了写作《等待呼吸》的冲动,这样的写作既是"结账",也是另一种沉湎,而沉湎的时刻就是"幽灵复归"的瞬间。

所以,只要他们这批人没死,信仰、理想的符号性死亡就还没有到来,它只有在他们死的时候再死一次,从而迎来自己的终极性死亡。

洞穴与后窗

文学,动起来!

中国传统美学看重一个"静"字,只有在"夕阳连雨足,空翠落庭阴"的绝对寂静里,诗人才能看取一朵洁净之莲,并进而把捉到一颗"不染"的心。所谓"染",就是耽溺于世味,与之共浮沉,是躁动的;"不染"则是在"世味门常掩,时光簟已便"的太古之静中与世界的本相素面相见。"听雨看云,依旧静中好"的静之美学落实到文艺中,就是对于枯、怪、瘦、寒、生、涩、远、空等境界的偏嗜,"怪来诗思清人骨,门对寒流雪满山""冗繁削尽留清瘦,画到生时是熟时"之类谈诗、论画的诗句即是明证。静之美学催生出一股好静、习静的风尚,苏轼倡言:"无事此静坐,一日似两日。"东坡诗思的启发在于,静不是一味的死灭、枯槁,它毋宁是生意盎然、鸢飞鱼跃的,能把生命丰润、拓展到"一日似两日"的地步。此一动静的辩证法,用周敦颐的话说,就是"静而无静":只有推至极静处,让喧嚣止息,把欲望消泯,生命始能灵动、飞扬,嗅吸到江南三月天里的"鹧鸪啼处百花香",这样的百花香就是道,就是真如。于静中证得道来的人不是寂寞、枯槁的先知,他的心悠游于"春有百花秋有月,夏有凉风冬有雪",万类的葱茏让他欣悦,有生的零落让他怆然,这就是程颢所谓的"万物静观皆自得,四时佳兴与人同"了。不过,传统美学再怎么追求"气韵生动",底色毕竟是静,它所滋养出来的书画是"萧萧"的、文章是"淡淡"的,所要抒发的欣喜抑或悲哀,概不允许一泄无余,而是要"欲语又停留"的——《闲情偶记》中的"远引曲譬,蕴藉包含,十分牢骚,还须留住六七分,八斗才学,止可使出二三升,稍欠和平,略施纵送,即谓失风人之旨,犯佻达之嫌,求为家弦户诵者难矣",说的正是这个意思。静一来使传统美学在内容上执着于动静之辨,从而导致它所揭示、抒发之主旨的恒定性;二来在形式上缺乏求新、求变的动力,从而导致一定程度的模式化,于是,书有碑、帖,画有画谱,"行当"有脸谱,诗也无非围绕"三友""独钓"和"话桑麻"之类情境展开,人们孜孜以求的只是如何"夺胎换骨,点石成金",而非"断裂"或者"pass ×"。不避模式的典范表述,就是齐白石发愿:"青藤雪个远凡胎,缶老衰年别有才。我欲九泉牛马走,三家门下转轮来。"[①] 模式化既是传统美学千年来没有发生重大转变的相对静态的直接后果,亦是重要原因,而这样的静态,又是跟"face-to-face"的有机的传统社会的超

---

① 诗中提及的青藤、雪个、缶老,分别是齐白石所敬仰的徐渭、八大山人和吴昌硕。

稳定结构互为表里的。需要强调的是，模式化当然是传统美学的局限，却又恰好是它迷人的所在，它就是要在模式之中挥洒出自己的"别有才"，刻写出自己的"这一个"的。

到了晚清，超稳定结构被猝然打破，中国社会卷进转速越来越快的全球化机车，静的美学失去依附之"皮"。是诗人最先敏感到时代的巨变已经根本性重塑了人们的爱感与死感，对爱与死有了崭新领悟的现代人与从前的人们怎么会是同一种人？比如，《雨巷》中那位丁香一样结着愁怨的姑娘向"我"投来太息的目光，然后消失在颓圮的篱墙，此一过程传递出如下消息：一、这是一个由陌生人组成的无机的现代社会，只有在这样的社会中，"我"才有可能与一位陌生的姑娘邂逅，随即永远地错失，而大观园里的宝哥哥可能的婚恋对象不是林妹妹，就是宝姐姐。二、错失，一定要错失，是"一别"而不是"一见"才令"我"如此钟情，你能设想姑娘在篱墙边回眸，甚至向"我"走来？戴望舒所刻画的"一别钟情"，徐志摩称之为"偶然"："你记得也好/ 最好你忘掉/ 在这交会时互放的光亮！"正因为要忘掉，此时此刻的光亮才会如此璀璨，它将照亮无边的暗夜，直至另一份"偶然"降临。其实，"一别钟情"和"偶然"正是刘呐鸥摇曳的"都市风景线"和穆时英缭乱的"上海的狐步舞"，得风气之先的摩登人物一起把地平线上刚刚崭露的跃动的风景勾描出来，擦得锃明瓦亮。可惜的是，读者一时领悟不了他们所捕捉到的太新异的时代之动，超强的审美惯性使他们本能地认定，丁香一样的姑娘脱胎于"芭蕉不展丁香结,同向春风各自愁"和"青鸟不传云外信,丁香空结雨中愁"。可是,李商隐、李璟所吟哦的是"等待",一个从屈原开始,宿命般传唱了千年的寂静主题,与转瞬即逝、奔流不息的"都市风景线"有何干系?要知道,"都市风景线"的主题词是忘记,在最沉迷的时刻把他或她抛入忘川,就像穆时英《夜》的结尾处他和她的道别:"以后还有机会再见吗?""我不知道。"正因为此,我认为,中国美学,特别是本文所讨论的中国文学的观念一定要因时而变,一种动的新美学、新文学是时候应运而生了。石涛说:"大叫一声天地宽,团团明月空中小。"这一声打破寂寥的大叫该如何喊出,它又将会是什么样的"狮子吼"?

其实,早在梁启超以孤绝的想象力把中国人数千年来锚定于三皇五帝的目光硬生生拽回,再一把掷向一个甲子以后的未来,在一种令人惊惧难安的不确定性中,用一些全然异质的材料建构起国族和自我的新身份的时候,中国文学就开始动起来了,虽然这个动还是那么的生涩,也虽然这个动让习惯了静的读者敬而远之。动起来的文学甚至要把读者从他们所熟稔的山水中拉出来,来一次疯狂的"月界旅行"和"地底旅行"。接下来的问题是:动起来的文学拥有了哪些新属性?

动的文学的第一个特征在于毫不留情地破除那些源自静的时代,或者无论源自何时,如今已然僵死的观念。破除僵死观念的目的在于刺激读者,让他们动起来,朝前走,他们不应只是在文学中得到"果然如此"的消极的餍足,更应赢获"原

洞穴与后窗

来如此"的积极的省思和顿悟,虽然后者注定是困顿和疼痛的。此一观点有可靠的语言学理论作支撑。奥斯汀说,一切语言,包括陈述性、证明性语言在内,莫不是行为性的,交流就是要让对方行动起来。那么,以语言为交流媒介的文学不更是要致力于把自己的读者拖离让他们习以为常、因为习以为常所以安全、惬意的思维泥淖?比如,梁启超让从来都是向前看的人们从此努力朝后看,这一次目光转向的意义和难度如何估计都不过分,因为这就像柏拉图"洞穴比喻"中第一个站起来的人把头艰难却坚定地扭向洞口一样,他的习惯了阴影的眼睛迎向熊熊火光,他感到一阵灼痛,一片黑暗,接下来就是辽阔的光明、极致的欢喜。也如,鲁迅的狂人大声质问:"从来如此,便对么?"数千年的思维坚冰随之坼裂、澌灭。再如,老舍《断魂枪》中的沙子龙眼看着洋人的枪炮敲开了国门,火车穿山越水地切断了龙脉,于是,他决定把"五虎断魂枪"带进棺材去,亲手葬送包括武侠在内的那些不得不醒来的"东方大梦"。而方方《涂自强的个人悲伤》的问题恰恰在于,它不吁求它的人物和读者撞向阶层固化的现实和观念(是现实,但在方方这里,更是观念,一个她决无意改变,而是用抗议的方式表示接受而且是不得不接受的观念),而是让他们静下来,沉下去,并催眠般地告诉他们:安心吧,没什么,这不是你能改变的,这也不是你一个人的悲伤。

动的文学的第二个特征是书写对象无所不及的囊括性,此一囊括性可以从两个维度来理解。首先,传统时代安静到要花上数百年的时间才能见出些微的变化,就像张爱玲在《更衣记》中为三百年来衣服袖口、前襟的一丁点变化而欣喜,仿佛从厚厚的岁月尘埃里拉出一位遥远的知音,而现代性的绝对动态就像不断喷涌而出的时装,令人心生不知今夕是何夕的恍惚。对,恍惚,恍惚正是现代人面对动若脱兔、永不衰竭的现代性的共通感受,特别是当高铁把地域的广度瞬间吸干,当自媒体部分地摧毁了现实的坚固性。恍惚中的人们又具极度挫败感。世界一会儿以其不可穿透的厚度向人们闪烁着寒冷的敌意,一会儿又虚化为"不真之真",使人们如陷无物之阵。可是,只要我们不希望文学成为仅靠文学奖的刺激和文学事件的炒作才得以苟延残喘的上个时代的剩余物,只要我们相信文学异于其他艺术门类的地方在于它能够拓开一个个场域,让人们一起回顾历史的梦魇,共同做出对于未来的抉择的话,文学就必须勇敢地划开时代的肌理,攫住时代的心跳——尽管时代绝对地超逾了我们,心跳不可捕捉,尽管时代的心跳可能只是一种虚构,类似于哲学中声名狼藉的整体性,我们仍应葆有攫住它的渴望和野心,否则文学的在与不在无关紧要。有人质疑:不是有纯文学?其实,纯文学这个概念只是在面对"十七年"和"文革"的太不"纯"、太异化、太僵死的文学实践时才相对地具有意义,它本身就像纯净水,如何蓄得了鱼龙?其次,静的文学是贵族的,只有极少数对象有资格被选中,就算同为一"鸦","寒鸦栖复惊"是诗,群躁之鸦则登不了诗的殿堂。而动的文学却是宇宙之大、苍蝇之微悉成文章的,它还要把那些看起来与文学格格不入的俗的对象文学化,就像汪曾祺的"粪船入诗"和"火腿入画"。它的更大的吞吐力、更入微的洞察力在于,它必须致力于提炼时代刚刚萌生,还在不断萌生着的真实,甚至是"拟真"。比如,微博、微信时代的现实已经新闻化了,现实不是以它自身(自身也许根本不在)而是以新闻碎片的样态朝我们"涌"来,于是,《第七天》以"新闻串烧"这一时代的本来样态来呈现时代,这不是余华偷懒或技穷,而是他对于时代本质的洞观。

　　动的文学的第三个特征是文体的彼此侵略、征引和拥有。静的文学内部各文体之间秩序井然、壁垒森严,它们相对稳定地对应着一定的表现对象、情感和方式,如此一来,文体研究才是可能的,陆机也才可以做出如下论断:"诗缘情而绮靡,赋体物而浏亮。碑披文以相质,诔缠绵而凄怆……"现代性粉碎了万类的稳定性,唯一稳定的事实就是事实的不稳定。事实的不稳定理所当然地要求文体打破自身的稳定,向任意可以延伸的方位延伸,从所有能够攫取的资源攫取。你当然可以照旧写一篇太像小说的小说,吟一首太像诗的诗,但纯化可能意味着退化,胃口太嫩、太精致的文体咀嚼不了时代的钢铁。把文体杂交起来吧,不管是诗、散文、小说还是戏剧,只要这一文体能够一举击中泥沙俱下的事实的核心,哪怕只是抓住了变动不居的时代的吉光片羽。于是,我们可以看到,莫言《蛙》以五封故作谦虚乃至痴愚的信和一部古怪、颠倒的戏组构成了一部四不像的号称小说的东西,但四不像有什么要紧,要紧的是它梳理出了共和国六十多年来一以贯之的发展的动力源。余华以巴赫《马太受难曲》、民间叙事长诗、古希腊悲剧和浙江的越剧的形式杂糅出一阕《许三观卖血记》。许三观的故事在读者的心头复沓、回旋又升华,我们若有所悟,若有所契:许三观是谁?也许,我们都是许三观。

小说如何重回我们的精神生活？

先说四件事。

一、2018年是"改革开放"四十周年，9月，《小说选刊》、中国小说学会和人民日报海外网联合推出"改革开放四十年最有影响力小说入选篇目"。入选篇目中，长篇小说十五部，分别是王蒙《活动变人形》、王安忆《长恨歌》、史铁生《务虚笔记》、古华《芙蓉镇》、陈忠实《白鹿原》、李佩甫《羊的门》、阿来《尘埃落定》、张洁《沉重的翅膀》、张炜《古船》、金宇澄《繁花》、莫言《生死疲劳》、铁凝《笨花》、格非《春尽江南》、贾平凹《浮躁》和路遥《平凡的世界》。值得注意的是，十五部长篇，竟然只有《生死疲劳》《笨花》和《春尽江南》（为什么不是"江南三部曲"整体入选，评"茅奖"不就是打包的吗？如果可以拆开的话，为什么不是更迷离、灵动的《人面桃花》？）是21世纪的作品，而且，这三部小说的作者都是20世纪80年代成名的作家，他们早在那个时代，就已经完成了自己的文学积累。十五篇中篇,只有毕飞宇的《玉米》和迟子建的《世界上所有的夜晚》是新世纪的,而十个短篇,全部发表于20世纪。我们当然可以指责这个榜单问题多多,每位读者也一定有一个属于自己的一个人的文学史、一个人的小说排行榜,但我们无论如何都不能忽略这个榜单所提供的一个基本事实:21世纪以来的小说创作已经不能有效地参与到当下精神生活的建构,它离我们越来越远,远到可以忽略不计的程度——我当然知道精神生活的私密性,它天然地指向"我",我之所以一再地使用"我们",是因为当我试图去勾画一个共同体的精神生活的概貌时,找不到指认这个共同体的合适的名词,公众、普罗大众、人民、大家,都不妥,我只能把它不周延地说成"我们"。幸好我知道,周延是不可能的,周延本身就不周延。

二、2018年8月,第七届鲁迅文学奖照例颁发,照例各有五部中、短篇小说获此殊荣。可是,除了在文学圈短暂地引发了一些议论之外(议论从不指向具体作品,而是针对评奖过程中的某些"秘闻"以及奖项揭晓之后的种种世态),又有多少人读过这些小说?我布置我的学生通读这些小说,然后讨论,但他们基本没有看完,理由都是:不好看。被鲁奖"加持"过的作品都走不进当代文学的课堂,遑论其余,更如何侈谈当下写作被家弦户诵的可能?

三、保研面试,我这一组十二位同学,按照"绩点"的高低逐一进行。问及专业意向,大多是古典文学,直到第七位同学，才斩钉截铁地说，现当代文学。曾几何时，现当代文学是一门"显学"，它是思想搏击的擂台，是各路观念的跑马场，是文化走向的风向标，一个立志于文学研究的人，怎么可以不选择现当代？当看到最优秀的学子纷纷抛弃现当代、转投古典文学的时候，我可以做出判断了：参与建构我们的精神生活的文学，更多的是古典的，这样的文学关乎个人的修养、情怀，却很少指向我们所置身的世界，而原本应该对着我们所置身的世界发声的当下写作，致命地失语了。

四、一个专门做文学现场，特别是90后写作的朋友，前些天突然发了一条朋友圈："连续看了三四个月的'某0后'作家的长、中、短篇小说，看到的是一代人缓慢地爬升，然后飞速坠落的抛物线。文学批评，做还是不做？这是一个问题。"我基本不看"某0后"的作品，不清楚他们的写作是否真的如此不堪，以至于对这一代际充满热情的研究者都感到了虚无。但是，不管是我的不看还是朋友的虚无，都从一个侧面反映出他们写作的无力，而年轻的他们原本应该最精准、有力地扼住时代的咽喉的——抓不住时代，他们又如何抓得住读者从而参与建构读者的精神生活？

至此，我有理由质问：当下的小说写作已经从我们的精神生活里淡出，只是在小说写作的圈子内部循环，那么，我们为什么还要读小说？要知道，读小说原本是我们认知世界、抵达人心的重要途径，小说呼唤我们在它的世界里感知爱、学习死。换句话说，只是写出来的小说还是黑的，它等待着读者一页页地掀开。掀开的动作就像"啪"地一下拧开了电灯，直到此时，小说才是通体透亮的，我们浴于它的光辉中。现如今，我去图书馆现刊室，翻开一本本绝少有人翻看的文学杂志，就像默对一盏盏永远不会被拧开的电灯，心中不免为孜孜矻矻的写作者感到不平，同时也感到遗憾，因为他们怎么可以不先追问一下什么是写作、为什么写作就埋头苦写，就像那位射门从来不看球门的"大帝"。

接下来的问题是，小说创作为什么会急遽衰败、委顿？个中复杂缘由，本文无法缕述，我只想举出其中重要的但往往为人所忽视的一端：我们的中小学语文教学出问题了，它就像阉割高手剜除人的性器同时扼杀他们的春情一样，一劳永逸地斩断了学生想象的双翅。不信请看，我们现在如数家珍的作家，阿城、莫言、贾平凹、王安忆、余华、刘震云，都是40、50、60后，他们基本没有接受过完整的中小学语文教育，没有参加过高考（就算参加了高考，比如刘震云，那个时代的试题也简单到"令人发指"，无非是"什么叫拟人的修辞手法？举出一例"之类，会令现在的学生感到"齿冷"的），他们是野生或者放养的几代。他们就跟《启蒙时代》里的南昌、陈卓然一样，本着自己的心性和偶然的命定，与某些书相遇，与某些人邂逅，并由此一路追寻下去，他们理所当然地葆有最敏锐的文学感觉和最健旺的文学胃口。其后的语文教育越来越"正规"，正规到一个问题必须精准地对应着一个答案，一声叹息背后当然埋伏着一种确凿的忧思。

洞穴与后窗

更厉害的是高考啊，它绝对精确，拒绝一丁点的旁逸斜出，高度模式化，鼓励笔锋绝不带情感的人云亦云。近几个代际的作家就是被这样圈养出来的（鲁敏可能是一个例外，她成为70后中较少的具有传阅度的作家，是有道理的）。他们从没有在原野上奔跑过，没有嗅吸过野草和小花的芬芳，他们在拥挤的圈舍里吃着同一种有着严格配方的饲料。更要命的是，他们越优秀，他们适应圈养的能力就越强。这样一来，中小学语文教学就如同一把细密的耙子，耙去所有它所认定的杂质，留下一块单纯的作物——在文学的世界里，单纯就是千篇一律、清汤寡水，杂质才是飞扬的想象力，才能通幽达微。面对这种以最绵密的方式剪除学生的文学能力的教育、考试制度，我想到韦伯的现代性批判："专家没有灵魂，纵欲者没有心肝。"需要强调的是，我批判教育、考试制度的前提是对它们的肯定，就像韦伯的现代性批判是建立在肯定现代性的基础之上的。我的批判毋宁应该被视作一种呼吁：要考，必须考，但更应该思索考什么，怎么考，来一场关于考法的大辩论——要知道，缺胳膊少腿或者组织增生的句子放在具体语境中未必有病，欲言又止、文过饰非、声东击西是作家的看家功夫，言不及义也许正是意义之所在，而意义不一定就是好东西、有时候我们更应该庆祝无意义……不过，基于高考命题的保密原则和人员较大的流动性之类现实，我明白，我的呼吁大概是白费的。

虽然绝望，到底还是心有不甘，我愿意抛出一些说不定能让小说重回我们的精神生活的建议，供写作者参考。

一、故事，一定要写故事，打造超级IP，就像不断被改写、翻拍的"四大名著"，就像严歌苓、麦家的部分作品。我一度随大流地以为故事很低级，好作家都患有故事厌恶症，他们必须是肢解故事的高手。不过，肢解故事，不先得有一个故事在那里吗，故事都不会讲，哪里谈得上肢解它？从这个意义上说，现代派是心安理得的浪荡子，他们随意挥霍、败坏着19世纪文学的遗产——19世纪创造出多少动人的故事啊，丰富到一定要"耗费"否则就会爆掉的程度。讲述一个好故事，意味着作家朝向世界挺进，赋予世界以意义、语法、光，从而让世界以作家自己所理解的样子呈现给读者的决心；意味着自己被自己所创作的世界同化、消融，同时等待一个新生也许却是消亡的契机的狠心。阅读、聆听一个好故事，则一定是怀有一种把创世以来所有的时刻收纳于阅读的此时此刻，从而在今生今世里渡过三生三世的渴望；抱着一种背弃这个无限绵延的单调的大地，在刀锋上反复冲刺、哪怕被它穿透的冲动。那么，给我们一个三生三世吧，既然今生今世如此卑微、苍白；给我们一个永不磨损的寒光闪闪的刀锋吧，既然大地如此板滞。如果真能给我们三生三世和雪亮的刀锋的话，我们为什么不读小说？

二、要把"平心静气"的人们搅动成"心猿意马"的读者。安德烈·巴赞引用过罗森克朗的话："银幕上的人物自然而然就是认同对象，而舞台上的人物是心理对立的对象。"他由此

洞穴与后窗

引申:"电影使观众平心静气,戏剧使观众心猿意马。"[1] 心猿意马才是人,平心静气的则是物,是非人。这就像《萧萧》里"全身都大"的花狗把萧萧肚子弄大,他们的"越轨"行为却无关乎爱情,只是一种生物性的蠢动罢了,说到底是平心静气的;也像《被爱情遗忘的角落》中的小豹子如出洞的野豹猛扑向存妮,"一种原始的本能,烈火般地燃烧着这一对物质贫乏、精神荒芜,而体魄却十分强健的青年男女的血液"。不过,此一燃烧只是兽性的喷发,喷发得越汹涌,越反衬出这个角落的平心静气——花狗、小豹子的命名,不正是对于他们的非人属性的认定?包法利夫人才是真正意义上的人啊,与丈夫的婚姻生活的一分一秒都让她窒息,她必得通过一再的出轨来呼吸,来证明自己真真切切地活着,哪怕最终粉身碎骨。让她心猿意马起来的,是一本凄绝的爱情小说,《保尔和薇吉妮》,而小说之所以拥有此等魔力,是因为它能把读者从令他们舒适的动物性的温暖和微酣中赶出去,走向一个朦胧的远景,一个不可期但一定要期否则仍旧是非人的未来。汪曾祺的小嬢嬢在那个疾风骤雨、声震屋瓦的夜晚推开侄子的门,说,你跟我睡,噗的一声把灯吹灭。她也是光华夺目的人,而成人的根本就在于她从来就是一个心猿意马的小说读者——她看的是《红楼梦》《花月痕》和《断鸿零雁记》。在视觉文化时代,我们越发的

---

[1] 【法】安德烈·巴赞:《戏剧与电影》,《电影是什么?》,崔君衍译,文化艺术出版社 2008 年版,第 144—145 页。

平心静气，平心静气到不过是一只只"沙发里的土豆"。我们看起来在穷凶极恶地"要"，其实我们的"要"只是一种被欲制造器激发出来的伪"要"。伪"要"映衬出我们根子上的不能"要"、"要"不了。在这样的时代，小说如果还想在我们的精神生活中寻找到一席之地的话，大概就在于做一只苏格拉底意义上的牛虻，狠狠地刺向昏昏欲睡的我们，让我们心猿意马，夺路狂奔。

不过，我的焦虑也许只是杞忧，因为文学不算 GDP，不看总量，而是个人的、私密的，有一个作家、一部作品达到高峰，这个时代的文学就是鼎盛的。所以，我愿意假设：说不定有哪个人正在哪个角落里默默地写着，写一本"繁花"，让后世传唱，其他人的写作，不过是这朵花开放时的背景音乐，或者肥料。